DIVERGENTE
GUIA DA INICIAÇÃO

CECILIA BERNARD

TRADUÇÃO DE FLORA PINHEIRO

PRUMO

Título original
INSIDE DIVERGENT: THE INITIATE'S WORLD

Motion Picture Artwork™ e © 2013 Summit Entertainment, LLC;
Copyright do texto © 2013 Veronica Roth. Todos os direitos reservados.

Edição brasileira publicada mediante acordo com HarperCollins Children's Books,
uma divisão da HarperCollins Publishers.

Direitos para a língua portuguesa reservados
com exclusividade para o Brasil à
EDITORA PRUMO LTDA.
Av. Presidente Wilson, 231 – 8º andar
20030-021 – Rio de Janeiro – RJ
Tel.: (21) 3525-2000 – Fax: (21) 3525-2001
contato@editoraprumo.com.br | www.editoraprumo.com.br

Printed in Brazil/Impresso no Brasil

Preparação de originais
MILENA VARGAS

CIP-Brasil. Catalogação na fonte.
Sindicato Nacional dos Editores de Livros, RJ.

B444d
Bernard, Cecilia
Divergente: guia da iniciação / Cecilia Bernard;
tradução de Flora Pinheiro.
Rio de Janeiro: Prumo, 2014 – Primeira edição.
Tradução de: Inside Divergent: the initiate's world
ISBN 978-85-7927-304-9
1. Ficção infantojuvenil americana.
I. Pinheiro, Flora. II. Título.
14-09685   CDD: 028.5   CDU: 087.5

Este livro obedece às normas do
Acordo Ortográfico da Língua Portuguesa.

Impressão:
Gráfica Stamppa Ltda., Rio de Janeiro – RJ.

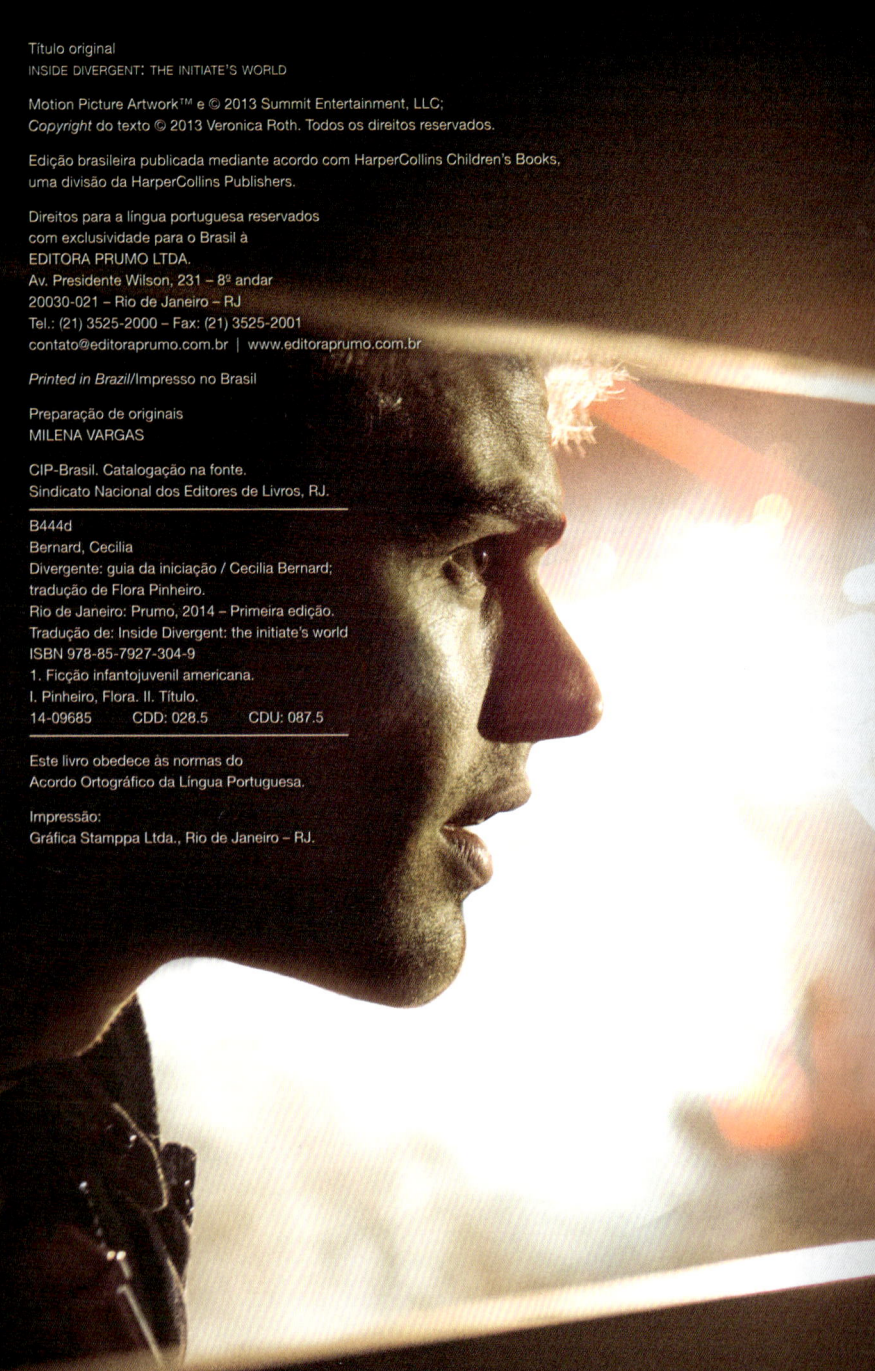

SUMÁRIO

4 Introdução

12 As cinco facções

48 Os iniciandos

64 As facções: integrantes

82 A escolha

106 Tornando-se membro da Audácia

INTRODUÇÃO

ESTA É A CHICAGO DO FUTURO

A **outrora grandiosa cidade** foi abandonada junto com seus maiores marcos, entre eles a Sears Tower, a roda-gigante do píer e o edifício Hancock. O espaço antes ocupado pelo lago Michigan é agora um pântano estéril. Uma cerca envolve toda a cidade, protegendo seus habitantes.

Porém, apesar das aparências, esta cidade futurista tornou-se algo que a velha Chicago nunca foi: uma utopia, uma sociedade perfeita, um lugar sem conflitos.

A não ser, é claro, que você seja...

DIVERG

GENTE

O QUE É
UM DIVERGENTE?

Neste mundo futurista, ao completarem dezesseis anos os cidadãos precisam fazer um teste de aptidão para descobrir seu tipo de personalidade e sua facção. No entanto, existe um tipo mais raro: o Divergente – indivíduos com diversas aptidões e que não podem ser facilmente definidos. Suas diferenças intrínsecas os tornam muito menos previsíveis do que as outras pessoas – e alguns os veem como ameaças à sociedade. Então, eles devem proteger ao máximo seu segredo, pois revelá-lo poderia significar um risco para eles e seus entes queridos. Em uma sociedade cuidadosamente planejada para ser uma utopia, os Divergentes representam uma incerteza que põe à prova todo o mundo que habitam.

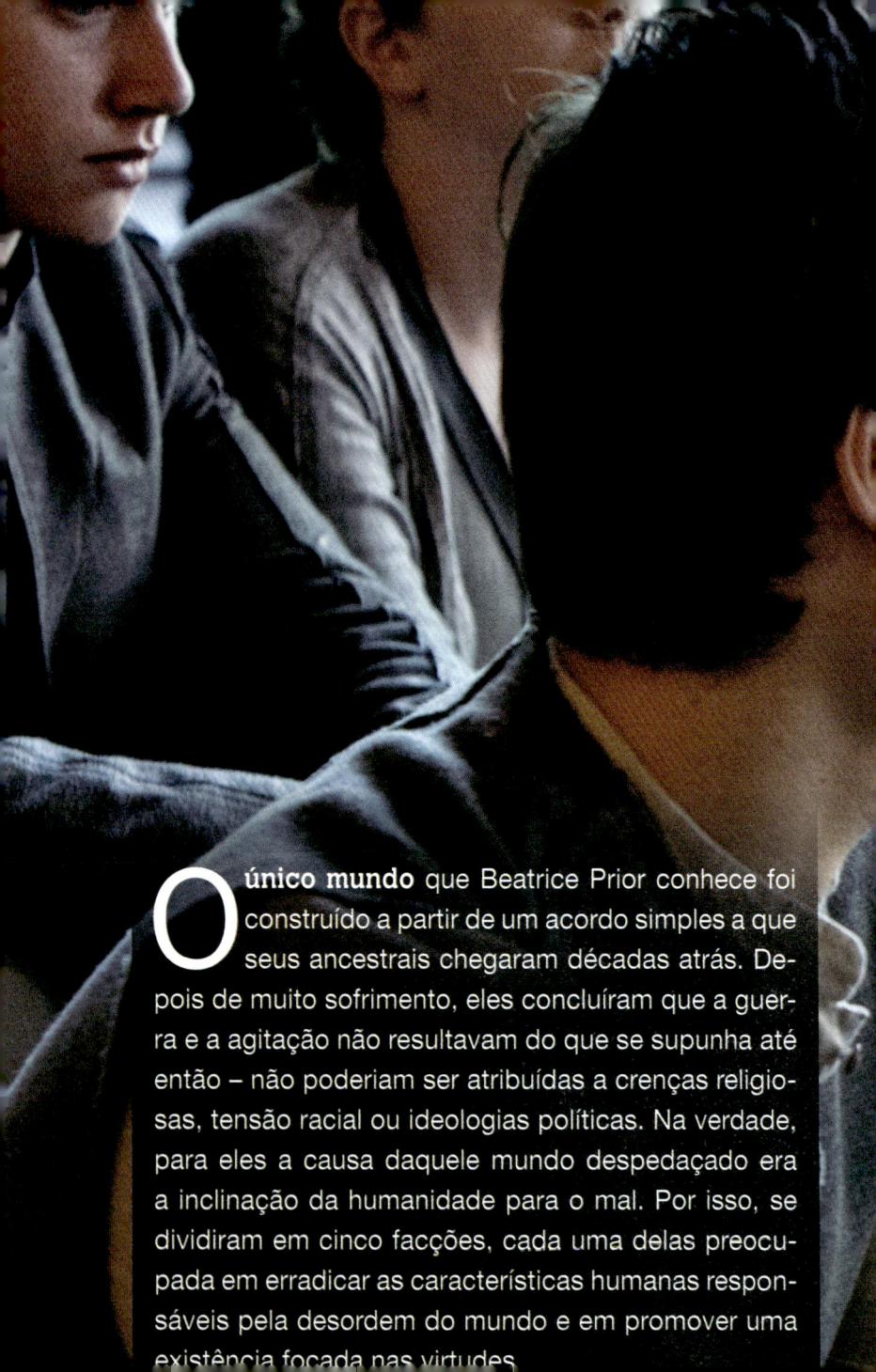

O único mundo que Beatrice Prior conhece foi construído a partir de um acordo simples a que seus ancestrais chegaram décadas atrás. Depois de muito sofrimento, eles concluíram que a guerra e a agitação não resultavam do que se supunha até então – não poderiam ser atribuídas a crenças religiosas, tensão racial ou ideologias políticas. Na verdade, para eles a causa daquele mundo despedaçado era a inclinação da humanidade para o mal. Por isso, se dividiram em cinco facções, cada uma delas preocupada em erradicar as características humanas responsáveis pela desordem do mundo e em promover uma existência focada nas virtudes.

ABNEGAÇÃO
Os altruístas

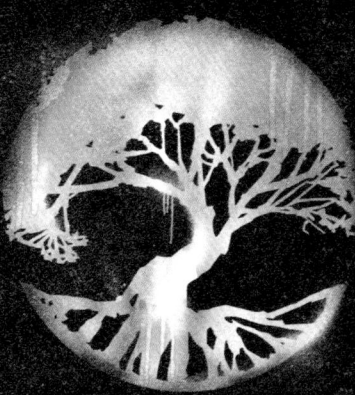

AMIZADE
Os pacificadores

FRANQUEZA
Os honestos

ERUDIÇÃO
Os inteligentes

AUDÁCIA
Os corajosos

AS CINCO FACÇÕES

ABNEGAÇÃO
Os altruístas

> *ESQUECEREI AS PESSOAS QUE AMO SE NÃO AS SERVIR.*
>
> — Trecho do Manifesto da Abnegação

A Abnegação

acredita que o egoísmo é a raiz de todo o mal. A facção defende o altruísmo e rejeita a curiosidade intelectual, a reflexão pessoal e a criatividade por considerar esses comportamentos egocêntricos e individualistas. Modestos e retraídos, seus membros trabalham em prol do bem comum.

Os integrantes da Abnegação evitam, coletiva e individualmente, ideias relacionadas a identidade. Em vez disso, ocupam-se em servir constantemente aos outros, cujas necessidades devem sempre ser postas acima do indivíduo e de seus desejos.

A família desempenha um papel fundamental no cotidiano dessa facção. O setor da Abnegação se assemelha a uma vila militar, com casas simples e idênticas em tamanho, estilo e estrutura. Elas são todas pintadas com o mesmo tom neutro e é estritamente proibido personalizar o exterior das construções. Por dentro, a decoração é simples, porém prática, a fim de atender às necessidades da família de forma que ela possa, por sua vez, melhor servir aos outros. Familiares demonstram o amor uns pelos outros por meio de atitudes diárias de servidão e sacrifício.

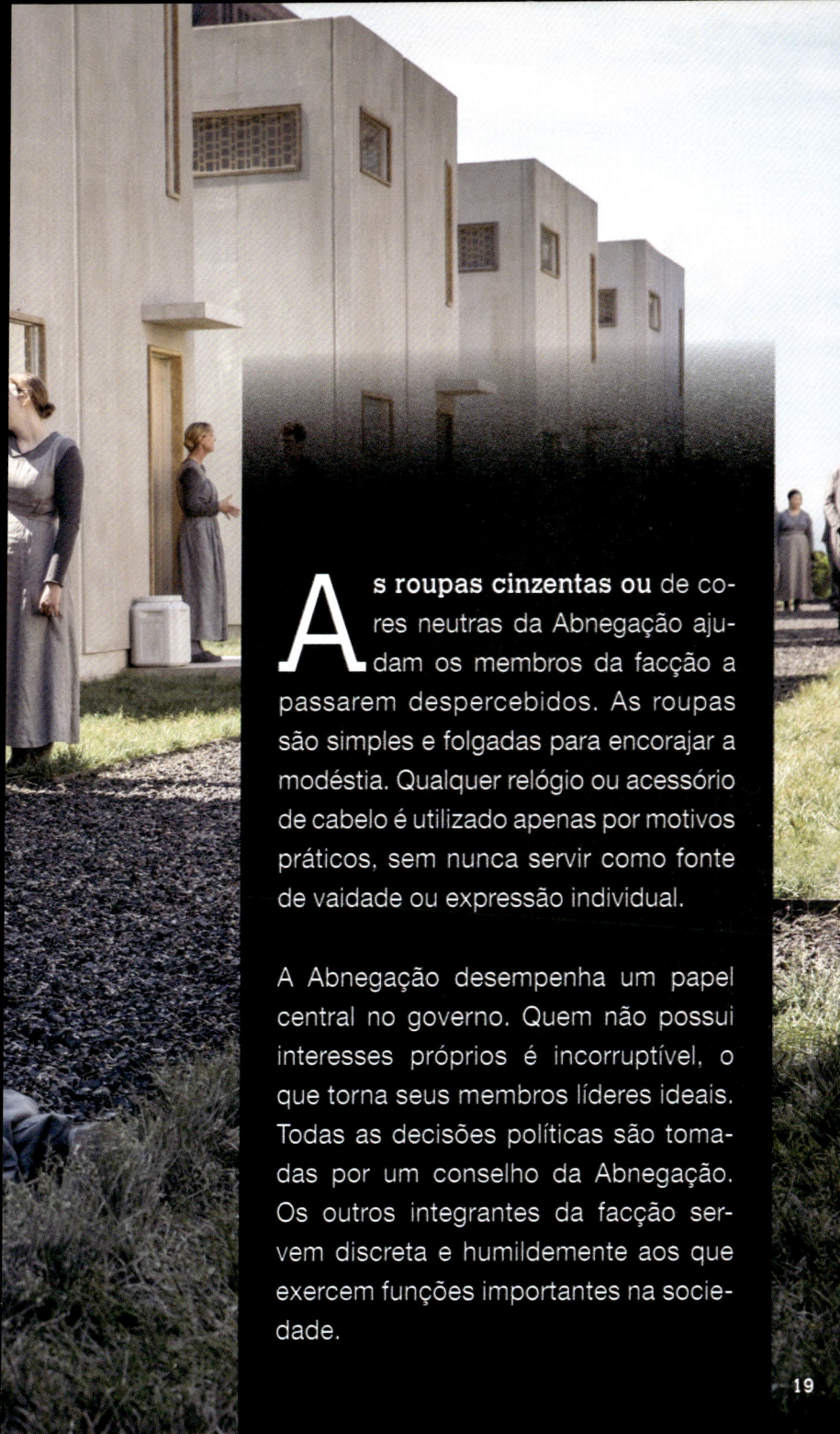

As roupas cinzentas ou de cores neutras da Abnegação ajudam os membros da facção a passarem despercebidos. As roupas são simples e folgadas para encorajar a modéstia. Qualquer relógio ou acessório de cabelo é utilizado apenas por motivos práticos, sem nunca servir como fonte de vaidade ou expressão individual.

A Abnegação desempenha um papel central no governo. Quem não possui interesses próprios é incorruptível, o que torna seus membros líderes ideais. Todas as decisões políticas são tomadas por um conselho da Abnegação. Os outros integrantes da facção servem discreta e humildemente aos que exercem funções importantes na sociedade.

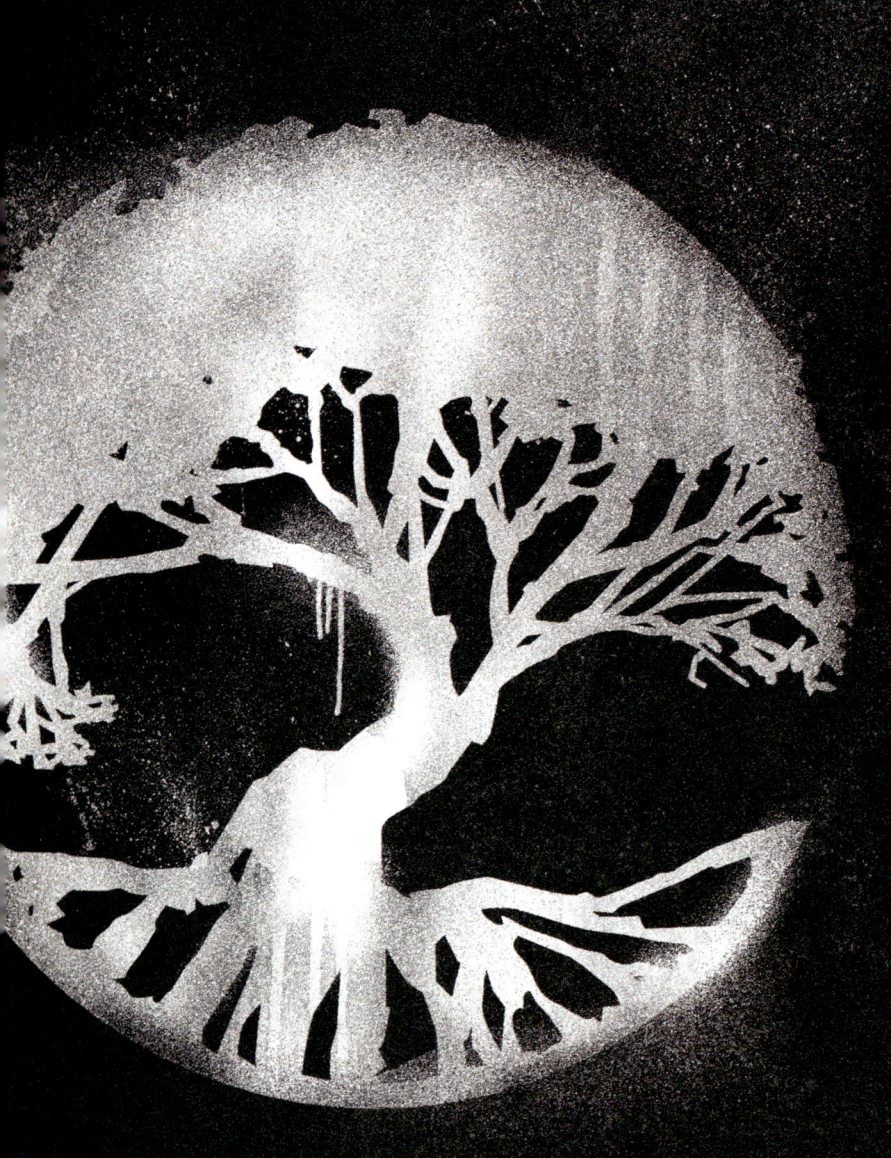

AMIZADE
Os pacificadores

> PENSAMENTOS CRUÉIS RESULTAM EM PALAVRAS CRUÉIS, QUE VÃO FERIR TANTO VOCÊ QUANTO SEU ALVO...
>
> – Trecho do Manifesto da Amizade

A Amizade

valoriza a tranquilidade e a harmonia acima de tudo e acredita que a agressividade é a fonte de toda discórdia. Espíritos livres, crédulos e geralmente artísticos, os membros da Amizade acreditam que a resolução dos conflitos se dá por meio do diálogo pacífico.

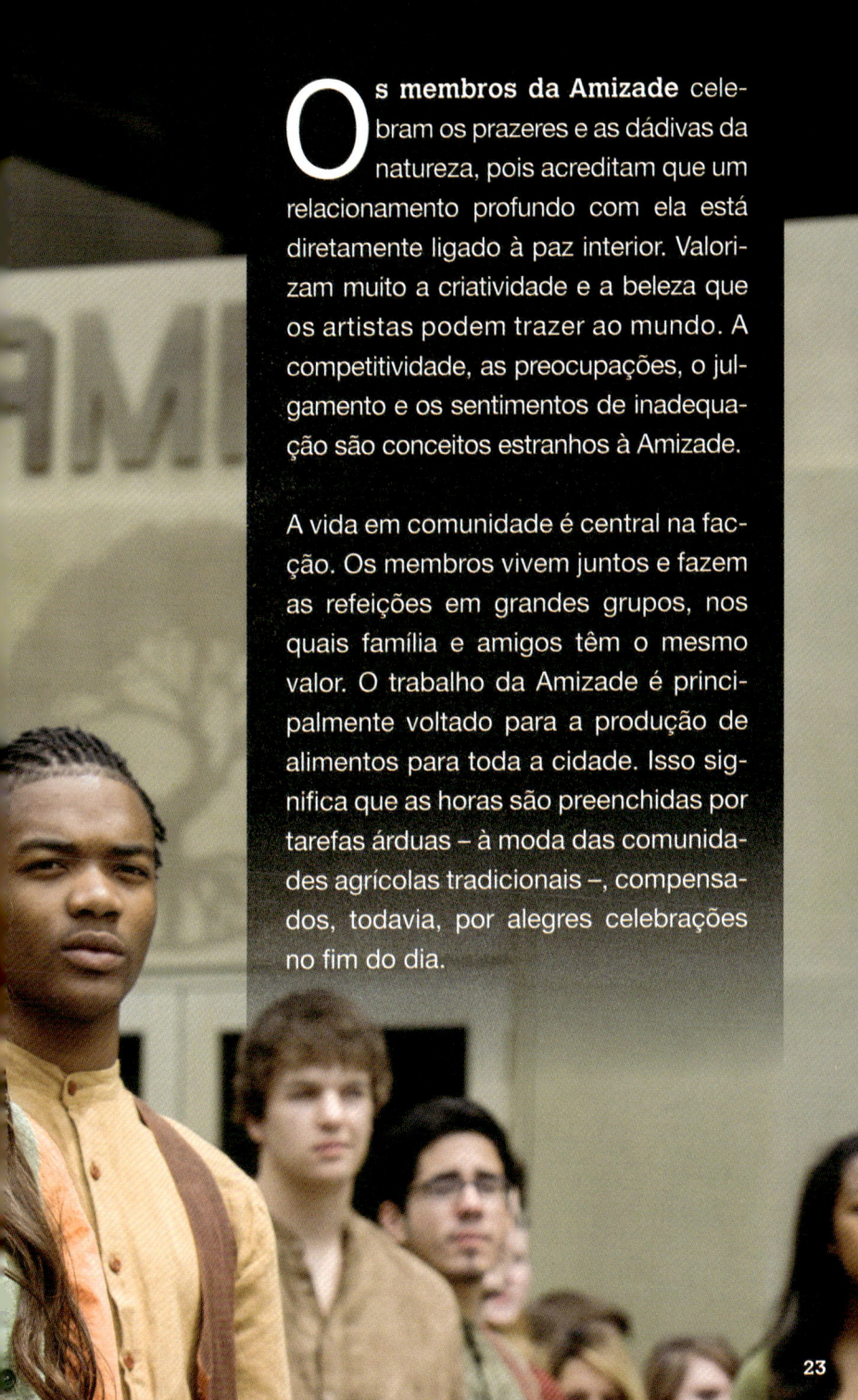

Os membros da Amizade celebram os prazeres e as dádivas da natureza, pois acreditam que um relacionamento profundo com ela está diretamente ligado à paz interior. Valorizam muito a criatividade e a beleza que os artistas podem trazer ao mundo. A competitividade, as preocupações, o julgamento e os sentimentos de inadequação são conceitos estranhos à Amizade.

A vida em comunidade é central na facção. Os membros vivem juntos e fazem as refeições em grandes grupos, nos quais família e amigos têm o mesmo valor. O trabalho da Amizade é principalmente voltado para a produção de alimentos para toda a cidade. Isso significa que as horas são preenchidas por tarefas árduas – à moda das comunidades agrícolas tradicionais –, compensados, todavia, por alegres celebrações no fim do dia.

Os membros da Amizade se vestem de vermelho e amarelo, cores que associam à felicidade. Todos os tipos de roupa são permitidos, desde que nas tonalidades da facção. Outros aspectos da aparência, como cortes de cabelo, acessórios e estilo pessoal, ficam a cargo do indivíduo, que deve expressar sua personalidade de forma a se sentir feliz.

A Amizade é uma das facções mais essenciais, devido a suas fazendas, estufas e outros recursos naturais responsáveis pela produção de comida para a cidade e pela purificação da água. Uma pequena parcela da Amizade presta serviços às outras facções como mediadores, conselheiros e cuidadores. Dela também são provenientes muitos dos artistas, músicos e escritores da sociedade.

FRANQUEZA
Os honestos

> *COMO UM ANIMAL SELVAGEM, A VERDADE É PODEROSA DEMAIS PARA FICAR ENJAULADA. ENSINAREMOS NOSSOS FILHOS A FALAR A VERDADE.*
>
> – Trecho do Manifesto da Franqueza

A Franqueza

acredita na honestidade e na autenticidade a qualquer custo. Para os membros dessa facção, a mentira, os segredos e a desonestidade são a causa direta de conflitos nos relacionamentos e na comunidade. Eles julgam que a verdade os torna inextricáveis, impossíveis de desagregar. A verdade é a "cola" que mantém a facção unida.

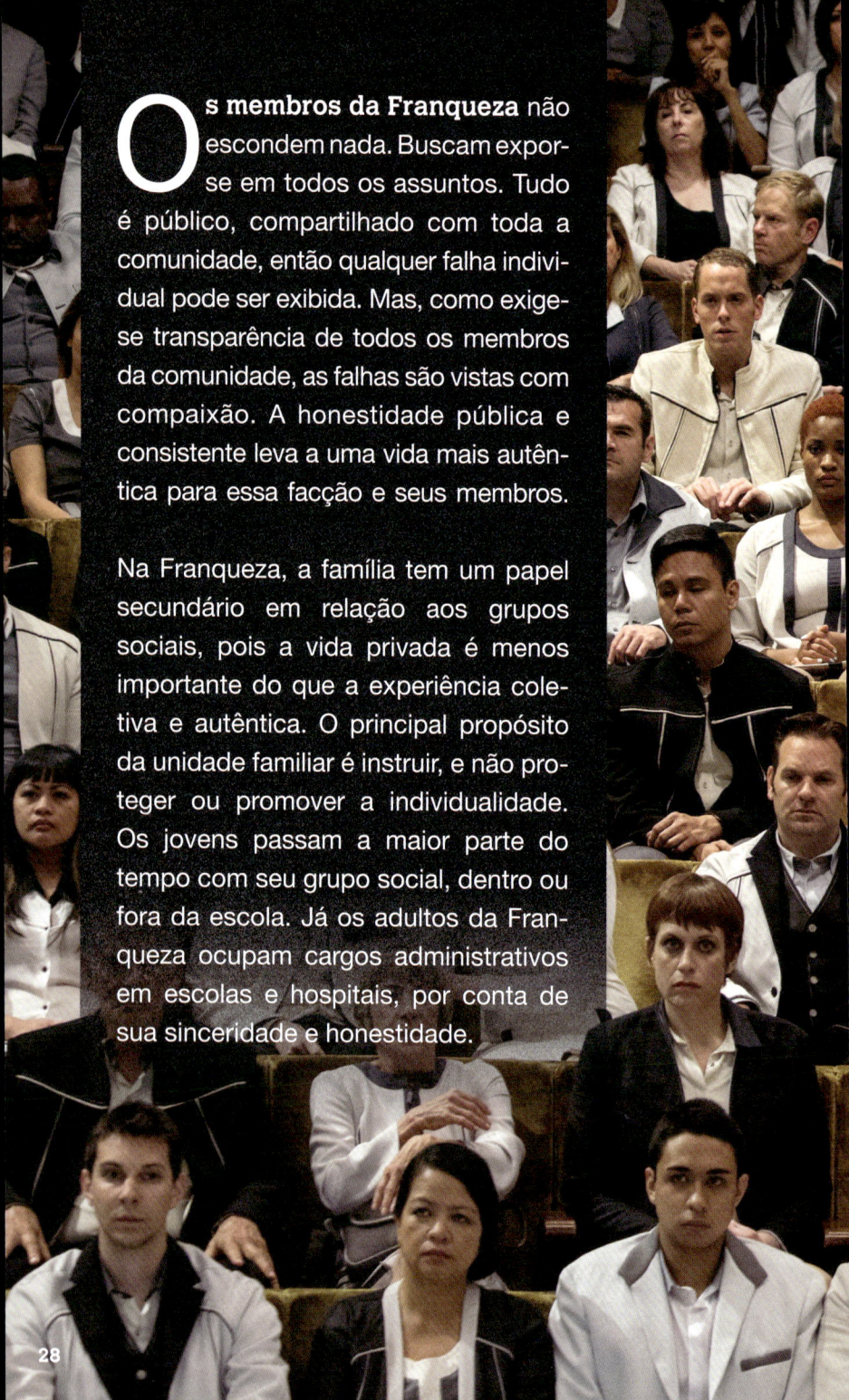

Os membros da Franqueza não escondem nada. Buscam expor-se em todos os assuntos. Tudo é público, compartilhado com toda a comunidade, então qualquer falha individual pode ser exibida. Mas, como exige-se transparência de todos os membros da comunidade, as falhas são vistas com compaixão. A honestidade pública e consistente leva a uma vida mais autêntica para essa facção e seus membros.

Na Franqueza, a família tem um papel secundário em relação aos grupos sociais, pois a vida privada é menos importante do que a experiência coletiva e autêntica. O principal propósito da unidade familiar é instruir, e não proteger ou promover a individualidade. Os jovens passam a maior parte do tempo com seu grupo social, dentro ou fora da escola. Já os adultos da Franqueza ocupam cargos administrativos em escolas e hospitais, por conta de sua sinceridade e honestidade.

Verdade e desonestidade são vistas como opostos, equivalentes ao preto e branco, então os membros da Franqueza usam apenas essas duas cores, sempre juntas, em todas as roupas. Quanto ao estilo pessoal, a Franqueza não é tão conservadora quanto a Abnegação, mas também não é tão ousada quanto a Audácia ou despreocupada como a Amizade. Na verdade, se assemelha muito à Erudição.

O papel da Franqueza na sociedade é assegurar o cumprimento das leis de cada facção e da comunidade como um todo. Os membros da Franqueza atuam como juízes, advogados, líderes religiosos e repórteres. Desempenham papéis importantes em conjunto com outras facções, atuando como conselheiros em assuntos ligados a equidade, justiça e liderança.

> **NÓS ACREDITAMOS NA LIBERTAÇÃO DO MEDO E EM NÃO PERMITIR QUE ELE INFLUENCIE NOSSAS DECISÕES.**
>
> **NÓS NÃO ACREDITAMOS EM LEVAR VIDAS CONFORTÁVEIS.**
>
> – Trecho do Manifesto da Audácia

Coragem

é a virtude da Audácia. Para seus membros, um compromisso com a bravura é mais importante do que tudo: a paz, as opiniões de terceiros e até a segurança. Seus integrantes definem "coragem" de diversas maneiras. Para alguns, é a ausência de medo, é dedicar-se a erradicar todas as formas de medo de suas vidas. Para outros, é a ousadia que os leva a agir na presença do medo. Mas não importa a definição de coragem que defendem: todos os membros da Audácia aproveitam a liberdade que acompanha a bravura.

Os membros da Audácia são guardiões e protetores da cidade e da sociedade. Sua força e seu poder vêm tanto do comportamento individual quanto dos heroísmos coletivos da facção. As outras facções talvez vejam a Audácia como um grupo barulhento, arruaceiro, precipitado e com uma fixação por tatuagens e piercings, mas mesmo eles admitem que seus integrantes têm uma vitalidade excepcional e um grande zelo pela vida.

No complexo da Audácia, atos de bravura são tão importantes para os indivíduos que os executam quanto para os que os observam e se inspiram. Há ênfase no físico, na defesa e na tecnologia em quase todos os aspectos do cotidiano da facção. Nela, impera a diversidade, e uma unidade familiar pode assumir uma grande variedade de aparências e estruturas, algumas incluindo parentes e amigos.

Os **membros da Audácia** vestem roupas pretas e justas, o que facilita seu estilo de vida extremamente ativo. Roupas radicais são comuns, assim como cortes de cabelo e estilos mais ousados. Tatuagens, piercings e modificações corporais são tão comuns que há até mesmo um estúdio de tatuagem no complexo.

Segurança é a principal função desempenhada pelos membros da facção. Muitos patrulham as ruas da cidade ou o perímetro da cerca, enquanto outros trabalham com vigilância. Membros da Audácia se orgulham da independência de sua facção. Muitos atuam dentro do complexo como cozinheiros, enfermeiros, tatuadores e treinadores, o que aumenta a autoconfiança da facção.

ERUDIÇÃO
Os inteligentes

> *A INTELIGÊNCIA É UM DOM, NÃO UM DIREITO. ELA DEVE SER USADA NÃO COMO ARMA, MAS COMO FERRAMENTA PARA O APRIMORAMENTO DE TERCEIROS.*
>
> – Trecho do Manifesto da Erudição

A Erudição

valoriza não apenas a inteligência, como também o conhecimento, a compreensão, a inovação e a curiosidade. Preocupa-se em colocar o conhecimento em prática para desenvolver e descobrir fontes de informação novas e mais avançadas. Sua fome de aprender se iguala ao desejo de compartilhar conhecimento.

O complexo da Erudição parece um campus universitário: abriga bibliotecas, salas de aula e laboratórios. As famílias dão lições de vida e ensinam habilidades lógicas e de raciocínio para as crianças. Quando os membros chegam à adolescência e delimitam seus campos de estudo, o relacionamento entre aprendiz e mentor torna-se ainda mais importante do que os laços familiares.

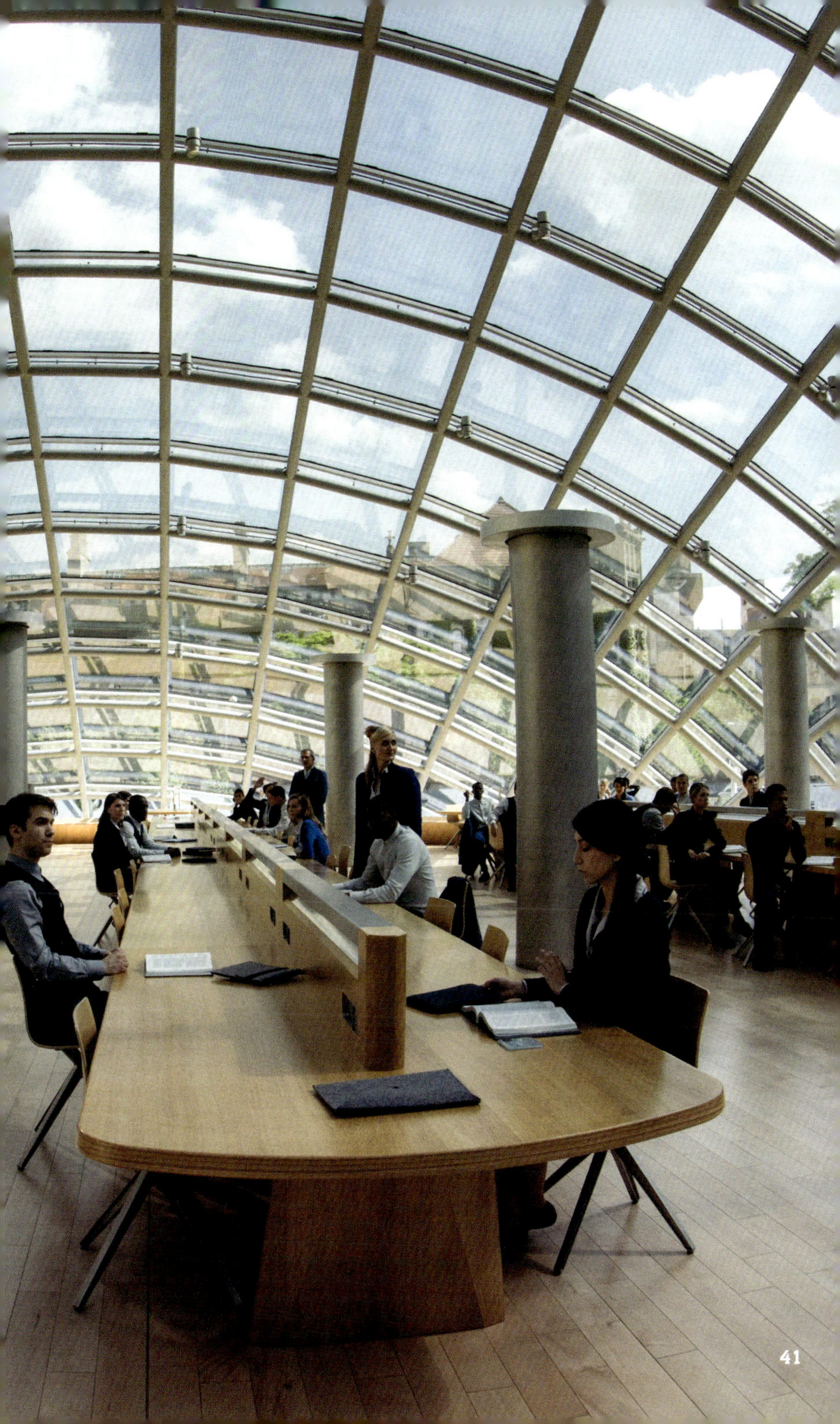

Os membros da **Erudição** usam roupas azuis, pois é cientificamente comprovado que a cor transmite uma sensação de calma, e mentes tranquilas são mais preparadas para absorver conhecimento e obter clareza. Membros da facção mantêm uma aparência bem-cuidada e limpa e não dão ênfase a estilos pessoais.

A função da Erudição é essencial para a sociedade. Seus membros, os educadores, estudiosos, pesquisadores, desenvolvedores de tecnologia, cientistas de diversas áreas e médicos são considerados fundamentais para uma comunidade produtiva e em desenvolvimento. A Erudição trabalha com a Amizade para tornar a produção de alimentos mais eficiente e com a Audácia para desenvolver tecnologia de segurança, vigilância e simulação.

43

Os sem-facção

Os sem-facção não são uma facção de verdade. O rótulo é dado a todos que, por alguma razão, não conseguem completar a iniciação na facção pela qual optaram. Eles não possuem manifesto, símbolo ou qualquer princípio coletivo ou de unificação, pois são desencorajados a assumir comportamentos similares aos das facções.

Membros de facções sentem pena dos sem-facção porque eles precisam viver sem o suporte e o senso de comunidade que são a base do sistema político. O governo oferece trabalho "útil" para quem vive nessas condições, como condutores de trens e ônibus, entregadores, faxineiros, serventes ou operários para manutenção e construção. As autoridades esperam que o trabalho intenso e regular não apenas ajude a prover as necessidades básicas para essas pessoas, mas também transmita um pouco do propósito que os sem-facção perdem ao viver sem um sentimento de identidade e pertencimento.

Os sem-facção usam roupas esfarrapadas, descartadas ou doadas por integrantes de facções. Não há significado especial nas estranhas combinações de cores que usam, nem preocupação com estilo pessoal. Quando não estão trabalhando nas funções designadas pelo governo, presume-se, embora não seja permitido, que eles se reúnam em acampamentos para dividir recursos. Esses grupos de sem-facção são formados pela proximidade física e pela necessidade, e não por escolha, virtude ou intenção. Benfeitores da Abnegação com frequência se preocupam em melhorar a qualidade de vida deles, mas os membros de outras facções em geral ignoram sua existência.

47

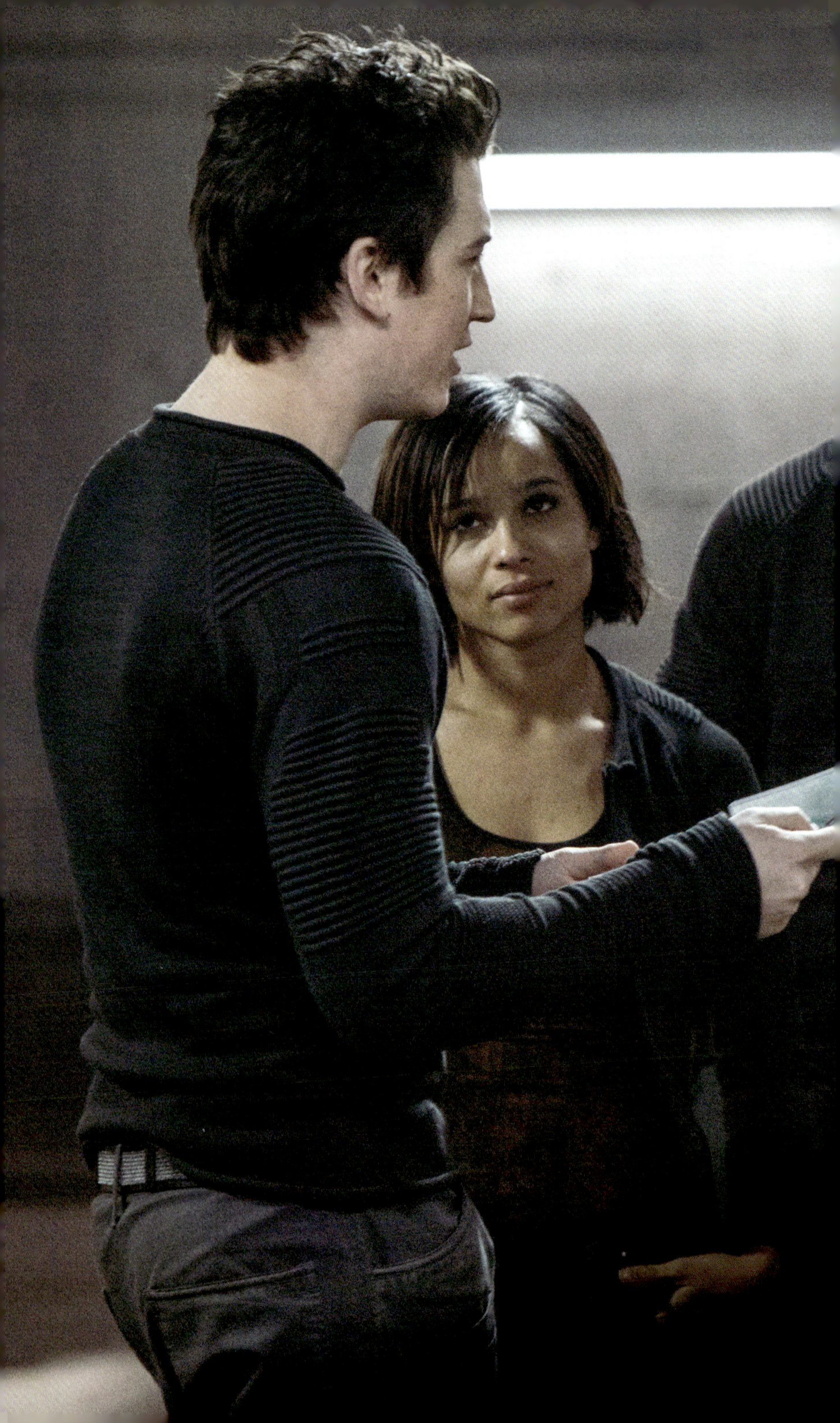

OS
INICIANDOS

BEATRICE "TRIS" PRIOR

Facção de origem: Abnegação

Facção escolhida: Audácia

"O TESTE DEVERIA ME DIZER QUAL FACÇÃO ESCOLHER."

As regras e princípios da Abnegação são tudo que Tris conhece, mas ainda assim não lhe ocorrem de forma natural. Secretamente, ela anseia pela chance de ser algo além de altruísta. Porém, Tris também ama muito sua família, e a ideia de deixá-los para sempre é dolorosa. Com os desejos conflitantes que parecem pesar em seus ombros, o Dia da Escolha já prometia ter enorme importância para Beatrice... Como se isso não fosse o bastante, ela descobre um segredo sobre si mesma que explica e muda tudo.

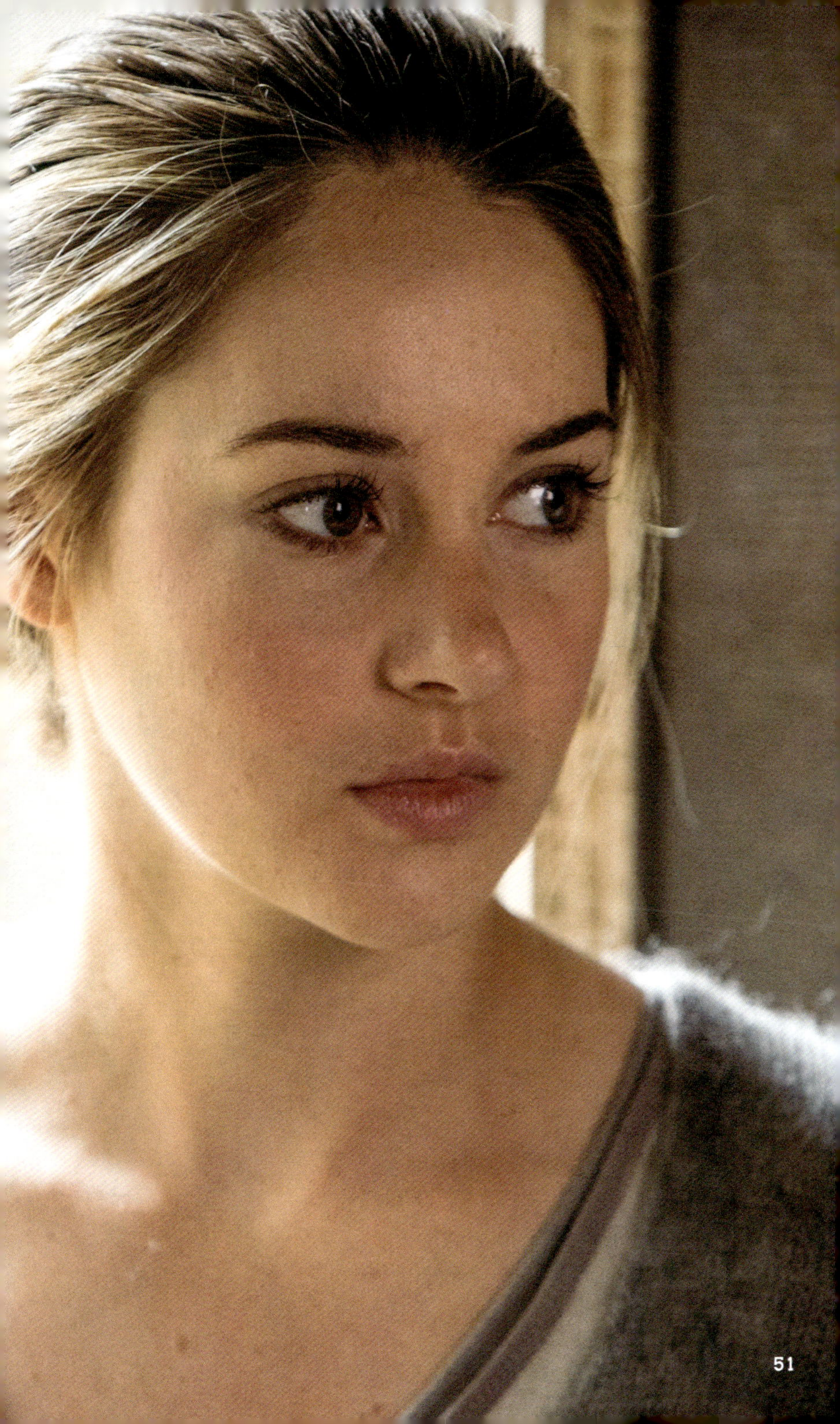

CALEB PRIOR

Facção de origem: Abnegação

Facção escolhida: Erudição

"DEVEMOS PENSAR EM NOSSA FAMÍLIA... MAS TAMBÉM DEVEMOS PENSAR EM NÓS MESMOS."

Caleb é sempre solícito, humilde, prestativo e atento às pessoas, e parece sinceramente feliz ao colocar as necessidades dos outros acima das próprias. Mas há uma curiosidade oculta sob esse comportamento tranquilo e, embora sua opção por se juntar à Erudição seja um choque para a família e toda a facção de origem, Caleb está decidido. Depois de fazer sua escolha, ele não olha para trás.

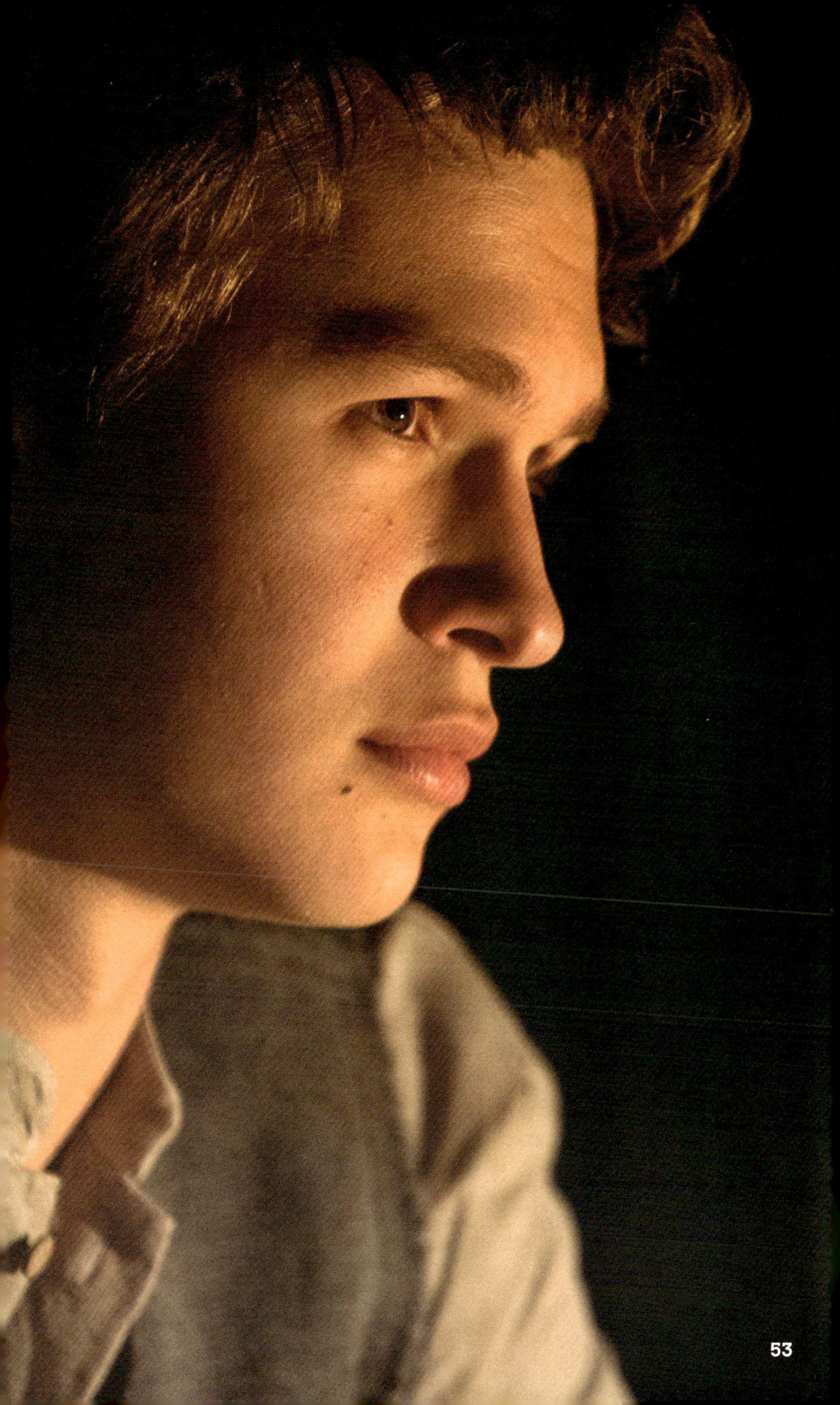

PETER

Facção de origem: Franqueza

Facção escolhida: Audácia

"PARECE QUE VOCÊ VAI CHORAR. POSSO ATÉ PEGAR MAIS LEVE COM VOCÊ SE COMEÇAR A CHORAR."

Criado com a inclinação da Franqueza a ser absolutamente sincero, Peter também desenvolveu certa brutalidade e uma personalidade cruel e impiedosa. Durante a iniciação da Audácia, ele atormenta os outros iniciandos física e emocionalmente: zomba de seus medos, menospreza suas fraquezas e os ataca quando estão vulneráveis. Como a maioria dos tiranos, constrói alianças com pessoas como ele, mas deixa claro que, se for necessário, não pensará duas vezes em trair os supostos amigos.

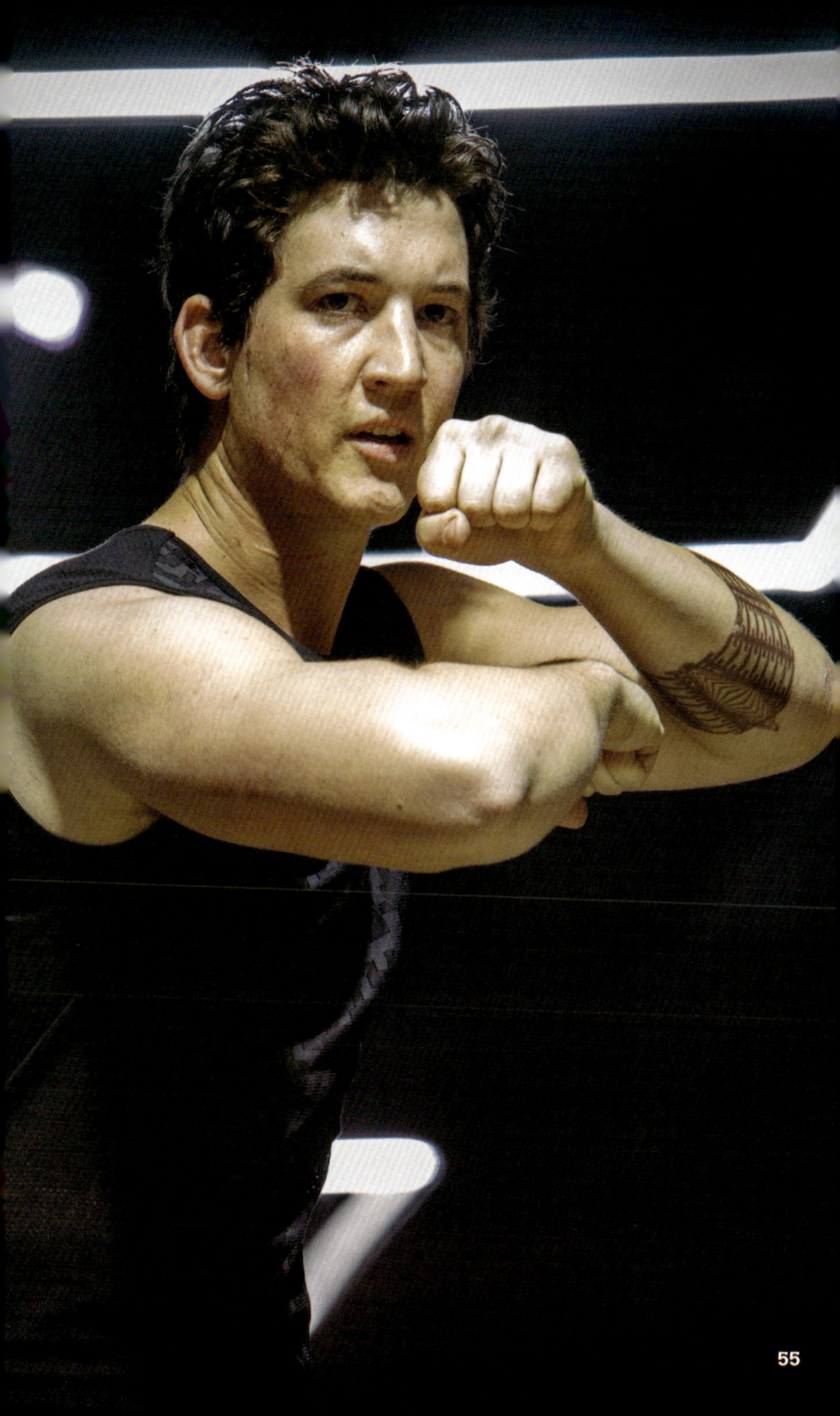

CHRISTINA

⚖️ **Facção de origem:** Franqueza

🔥 **Facção escolhida:** Audácia

> *"SE VOCÊ ACHA ISSO DIFÍCIL, TENTE DIZER A VERDADE O TEMPO INTEIRO..."*

Christina fala apenas a verdade, mesmo que sem querer acabe insultando seus colegas ou desrespeitando autoridades. Ousada e impetuosa por natureza, mas também ansiando por privacidade, Christina escolheu uma vida devotada à ação exterior em vez da constante autoanálise crítica exigida por sua facção de origem. Talvez educações opostas se atraiam, pois ela e Tris logo desenvolvem uma forte amizade diante das pressões insanas da iniciação na Audácia

57

WILL

Facção de origem: Erudição

Facção escolhida: Audácia

"VIU? AS ESTATÍSTICAS NÃO MENTEM."

Will sabe um pouco a respeito de tudo e nunca tem vergonha de oferecer seus conhecimentos ou de se lançar em explicações científicas que ninguém quer ouvir. É jovial e afável, além de muito disposto a rir da própria tendência a sabe-tudo. Sua personalidade calorosa, tão diferente da frieza habitual dos membros da Erudição, o levou à Audácia. Como Tris, embora gostasse de alguns aspectos de sua vida anterior, Will desejava algo mais, algo além da facção que conhecia.

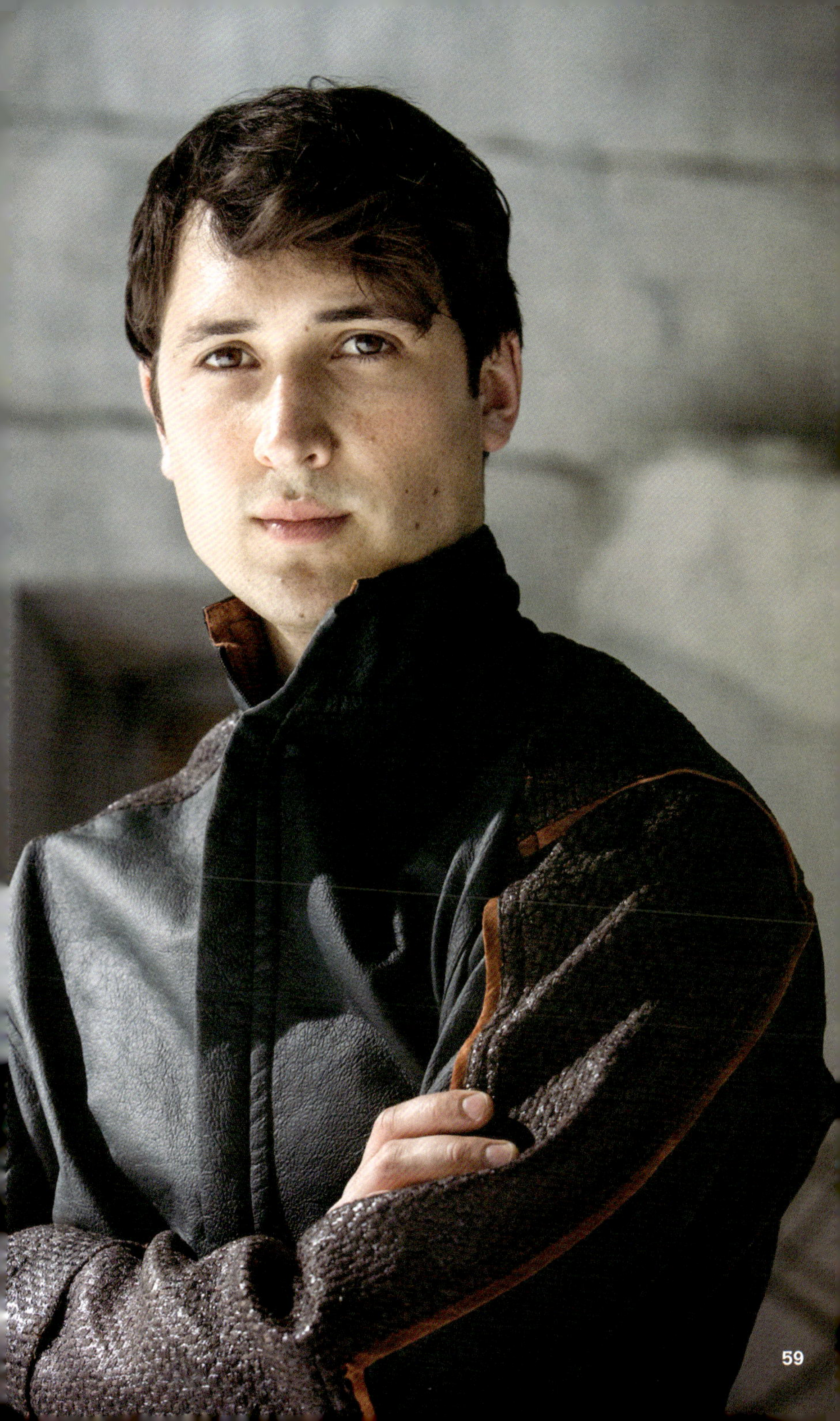

MOLLY

Facção de origem: Franqueza

Facção escolhida: Audácia

"QUANTO TEMPO DURA A LUTA?"

Molly não tem o carisma de seu aliado, Peter, e é mais uma seguidora do que uma líder. Porém, assim como ele, suas principais características são uma personalidade violenta e desagradável, além de um físico intimidador. Para os outros iniciandos, Molly é assustadora, hostil e joga sujo. Ameaçadora em batalha, ela se orgulha de derrotar seus oponentes com facilidade, o que a torna a favorita do treinador da Audácia, o também cruel Eric.

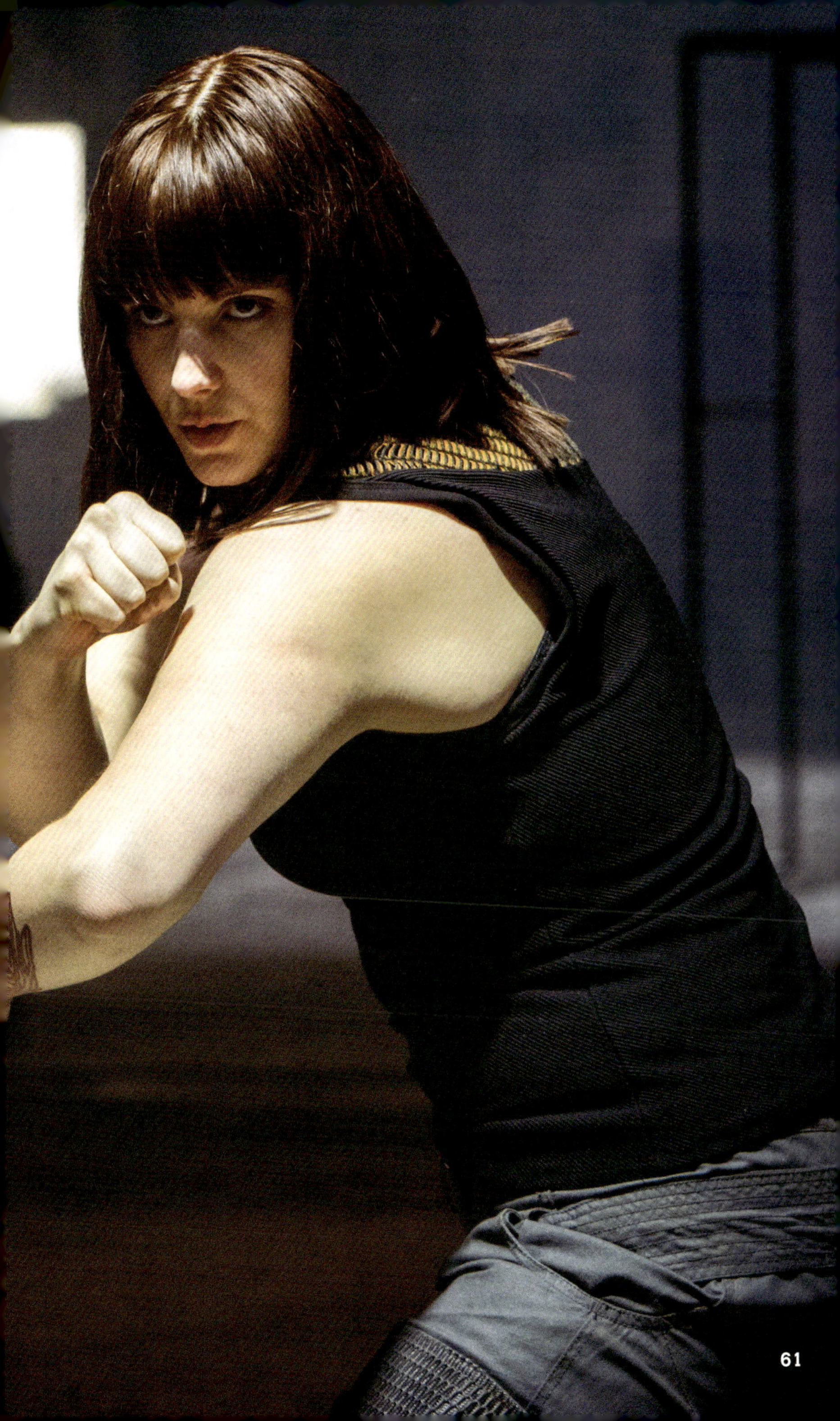

AL

Facção de origem: Amizade

Facção escolhida: Audácia

"EU SÓ ODEIO QUEM É MELHOR DO QUE EU."

Al pode aparentar ser alguém capaz de lidar com qualquer coisa, mas, como um ex-integrante da Amizade, ele talvez seja gentil demais para sobreviver à iniciação da Audácia, e seus amigos Tris, Christina e Will temem por seus pontos fracos. Al admira principalmente Tris e sua força crescente, mas ela apenas sente pena das fragilidades dele. O rapaz escolheu a Audácia por gostar da ideia de levar uma vida dedicada a proteger os outros, mas não parece muito capaz de proteger a si próprio. Pelo contrário: parece resignado com o fato de que talvez falhe na iniciação e se torne um sem-facção.

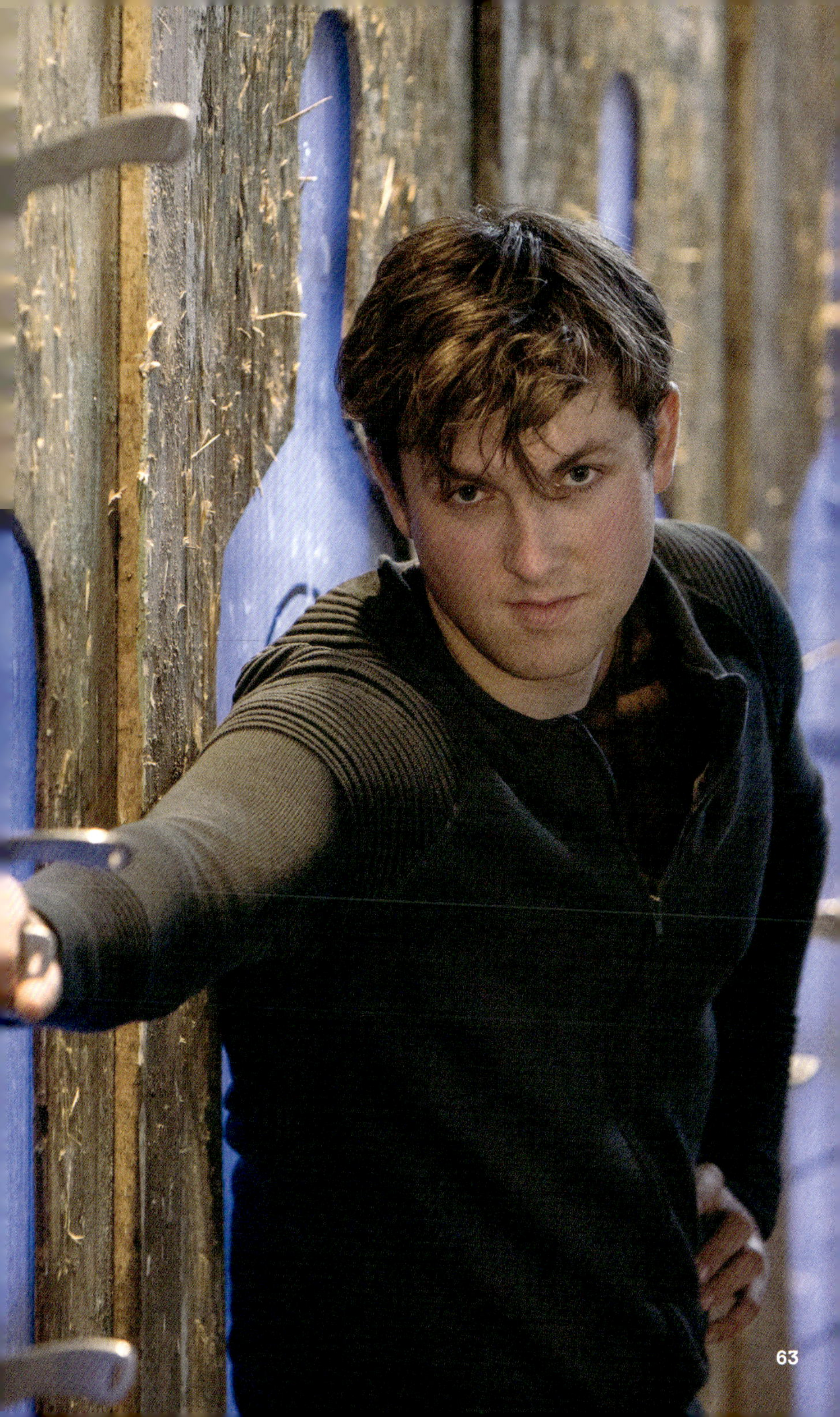

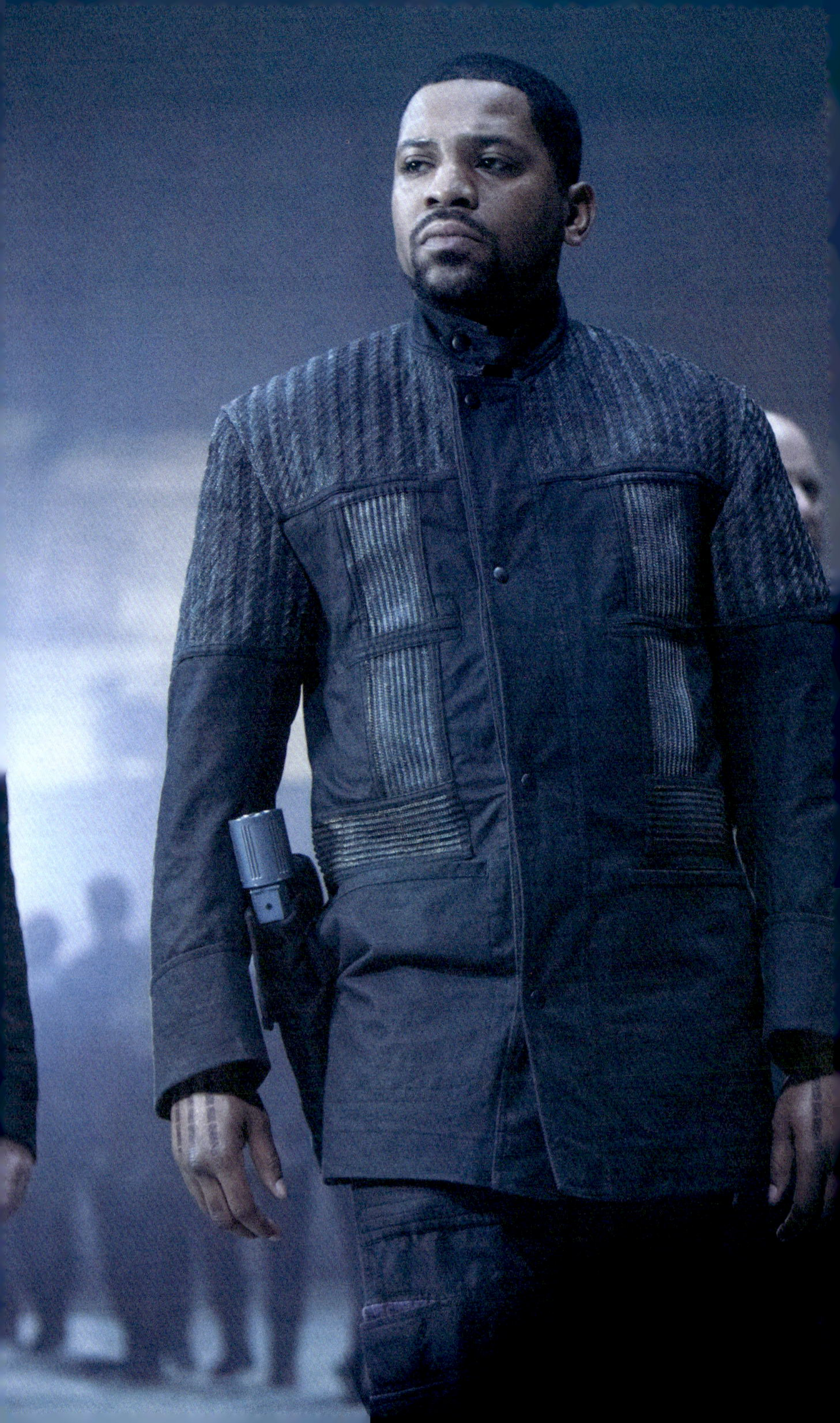

AS FACÇÕES:
INTEGRANTES

TOBIAS/"QUATRO"

Facção: Audácia

Operador da sala de controle da Audácia e instrutor de iniciandos nascidos fora da facção

"TODO MUNDO TEM MEDO. EU IGNORO O MEU..."

Reservado, Tobias acredita que ser destemido é dominar as próprias fraquezas, aprender com a coragem de outros e não recorrer à brutalidade. Quando não está treinando os iniciandos, ele trabalha na sala de controle da Audácia e, embora respeite muita gente, não costuma ser próximo das pessoas. É admirado por seus companheiros de facção, mas sofre oposição direta de alguns dos líderes por seu poder e carisma. Tobias é bastante seguro de si e tem senso de humor inteligente, além de ser dotado de uma natureza protetora e um rígido código moral.

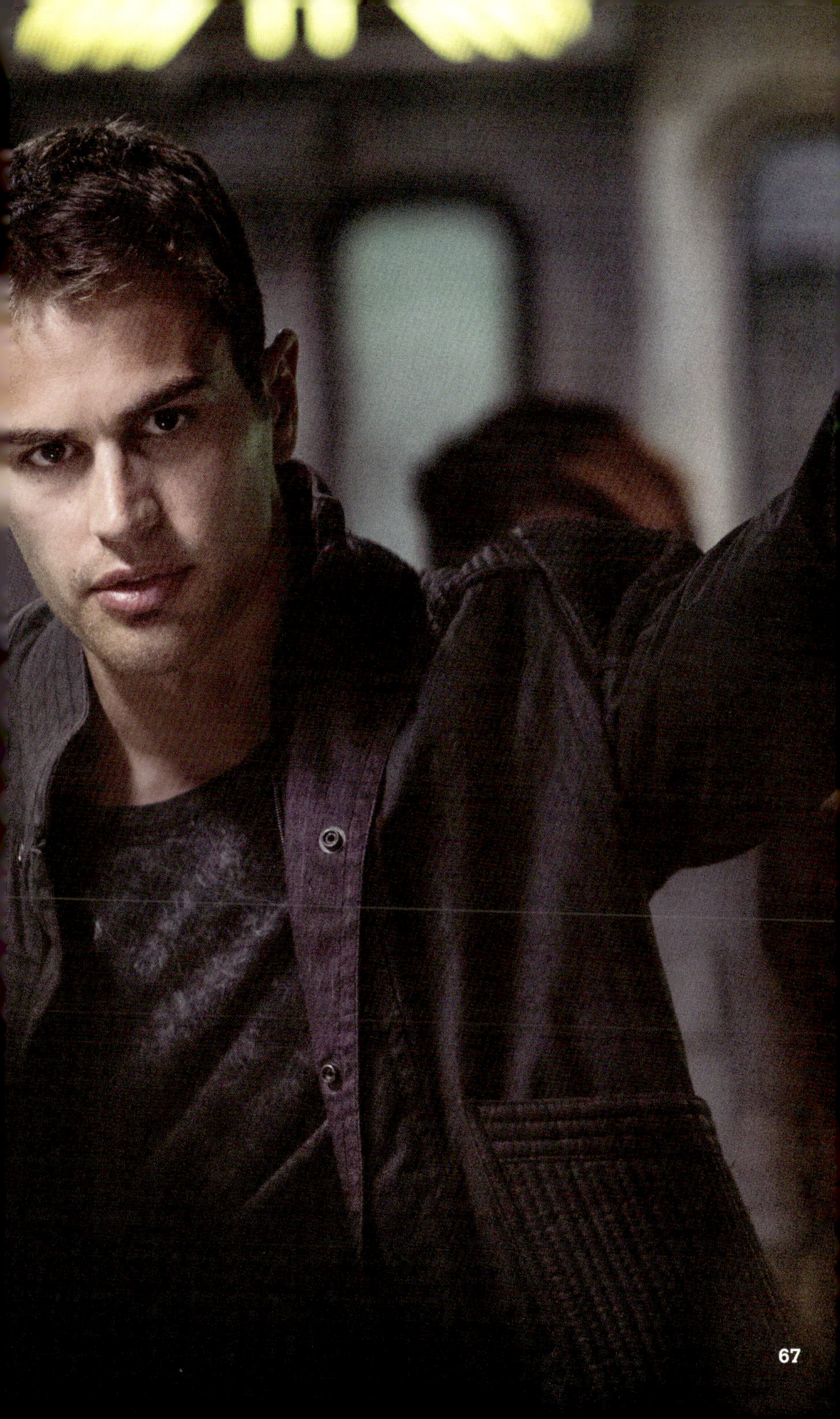

ANDREW PRIOR

Facção: Abnegação

Membro do conselho governamental

"É ESSENCIAL PERMANECERMOS UNIDOS COMO FACÇÃO E COMO FAMÍLIA."

Como um respeitado integrante da Abnegação, Andrew serve humildemente ao conselho governamental, monitorando a harmonia de toda a cidade. Pai de Caleb e Beatrice e marido de Natalie, Andrew faz o possível para imbuir a família das crenças políticas e prioridades da facção que marcaram sua vida. Íntegro e honrado, as opções de seus filhos durante a Cerimônia de Escolha o decepcionam. Para ele, tais escolhas representam grandes traições.

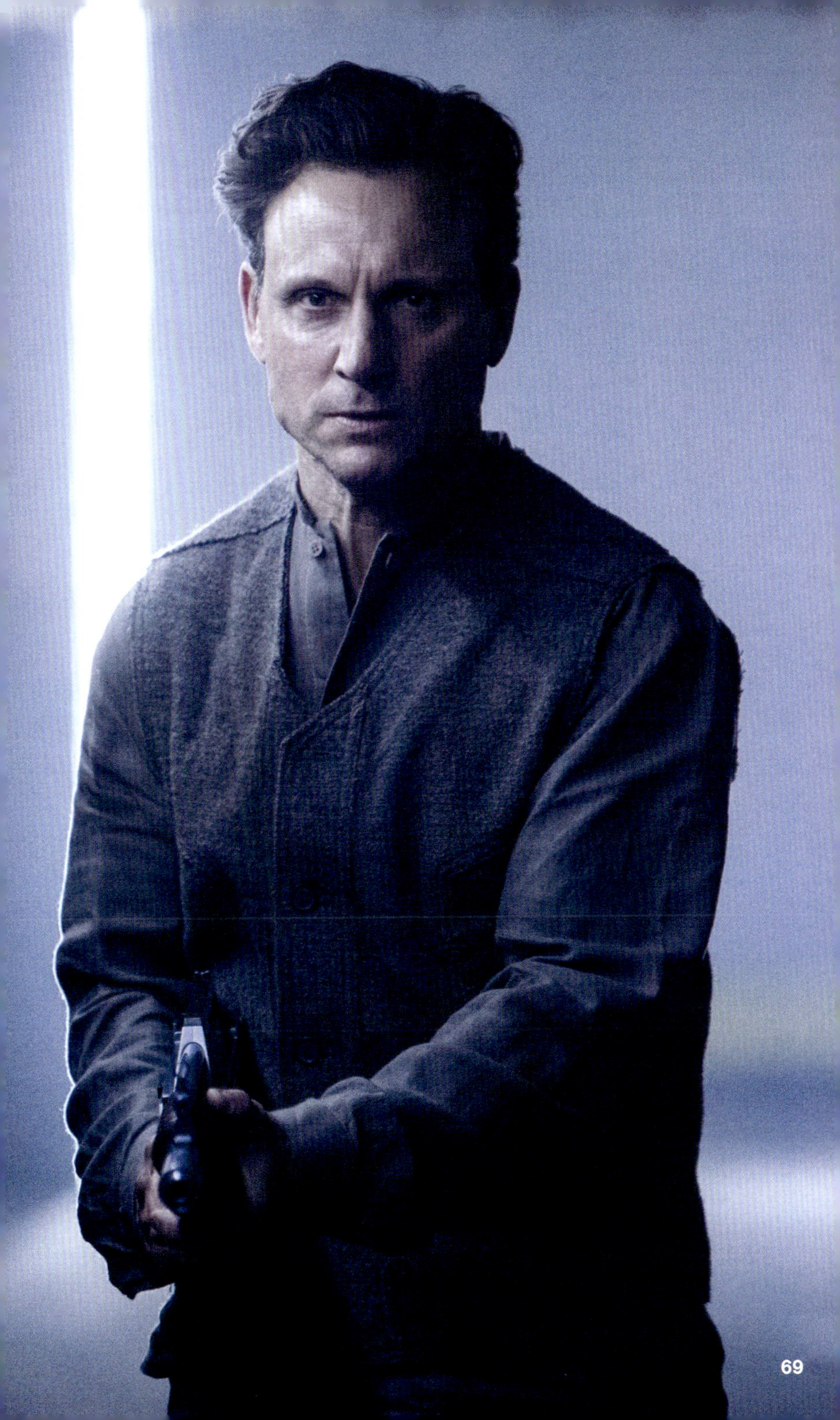

NATALIE PRIOR

Facção: Abnegação

Esposa de um membro do conselho

"EU TE AMO... NÃO IMPORTA O QUE ACONTEÇA."

Como esposa de um dos membros do conselho, Natalie é partidária do estilo de vida da Abnegação, devotando grande energia ao serviço dos mais necessitados, como os sem-facção. Mas também possui uma força silenciosa e certa independência de espírito. Ao contrário do marido, parece apoiar e quase encorajar a transferência de facção de Beatrice e Caleb, como se sempre soubesse o que os filhos se tornariam. E, aos poucos, Tris percebe que talvez haja muito mais a respeito de sua mãe do que o estilo de vida da Abnegação revela.

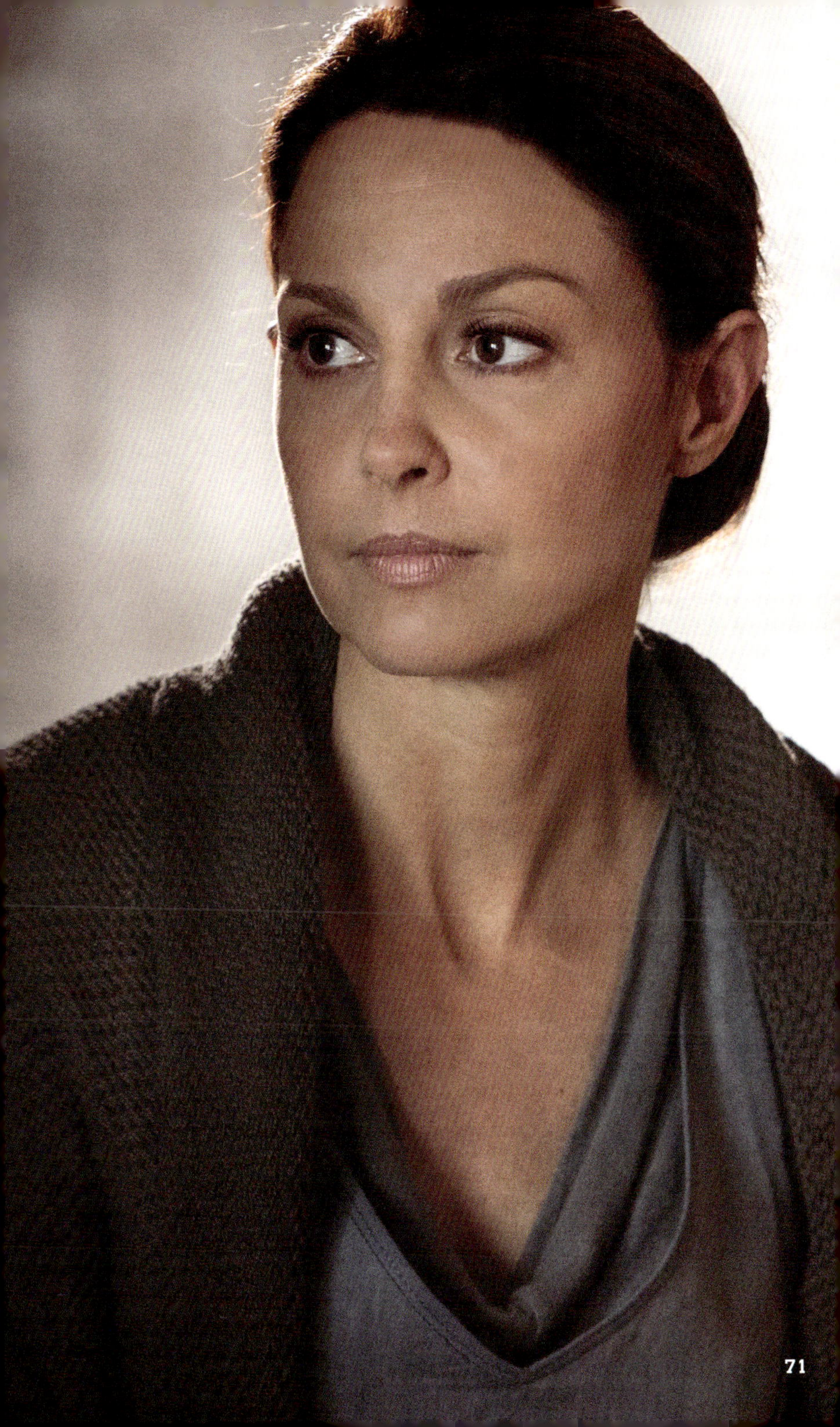

MARCUS EATON

Facção: Abnegação

Líder do conselho governamental

> *"A FACÇÃO ANTES DO SANGUE."*

Marcus e Andrew sentem um profundo respeito um pelo outro após tantos anos trabalhando juntos. Recentemente, no entanto, rumores perturbadores sobre Marcus se espalharam pela cidade. Ele é acusado de ser um pai e marido violento, e sua liderança começa a ser questionada. Marcus e seus seguidores insistem que os rumores são apenas propaganda negativa criada pela Erudição para perturbar o equilíbrio de poder da cidade e ganhar espaço na liderança da sociedade.

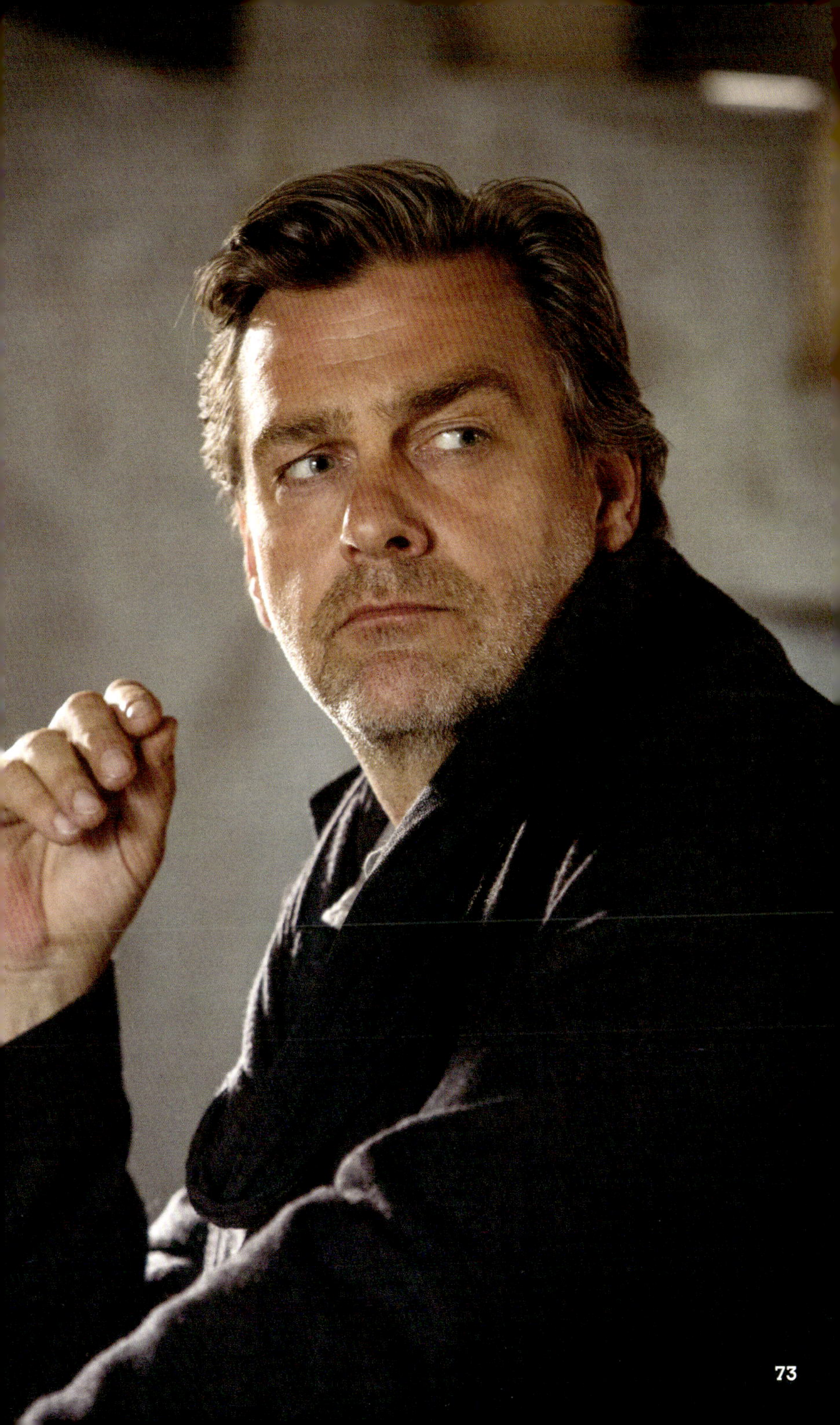

JEANINE MATTHEWS

Facção: Erudição

Líder da Erudição

"QUERO QUE DECIDAM QUEM DE FATO SÃO E A QUE LUGAR PERTENCEM..."

Fria e calculista, mordaz e exigente, Jeanine Matthews, a líder da Erudição, é a encarnação do profissionalismo indiferente e da superinteligência de sua facção. Jeanine se envolve em qualquer coisa para alcançar seus objetivos: traições, mentiras, alianças antiéticas, fraudes, torturas ou mesmo incitar assassinatos. Devido a suas tramas elaboradas e a sua habilidade de explorar as fraquezas dos outros, poucos são capazes de reconhecer todo o terrível potencial de Jeanine Matthews.

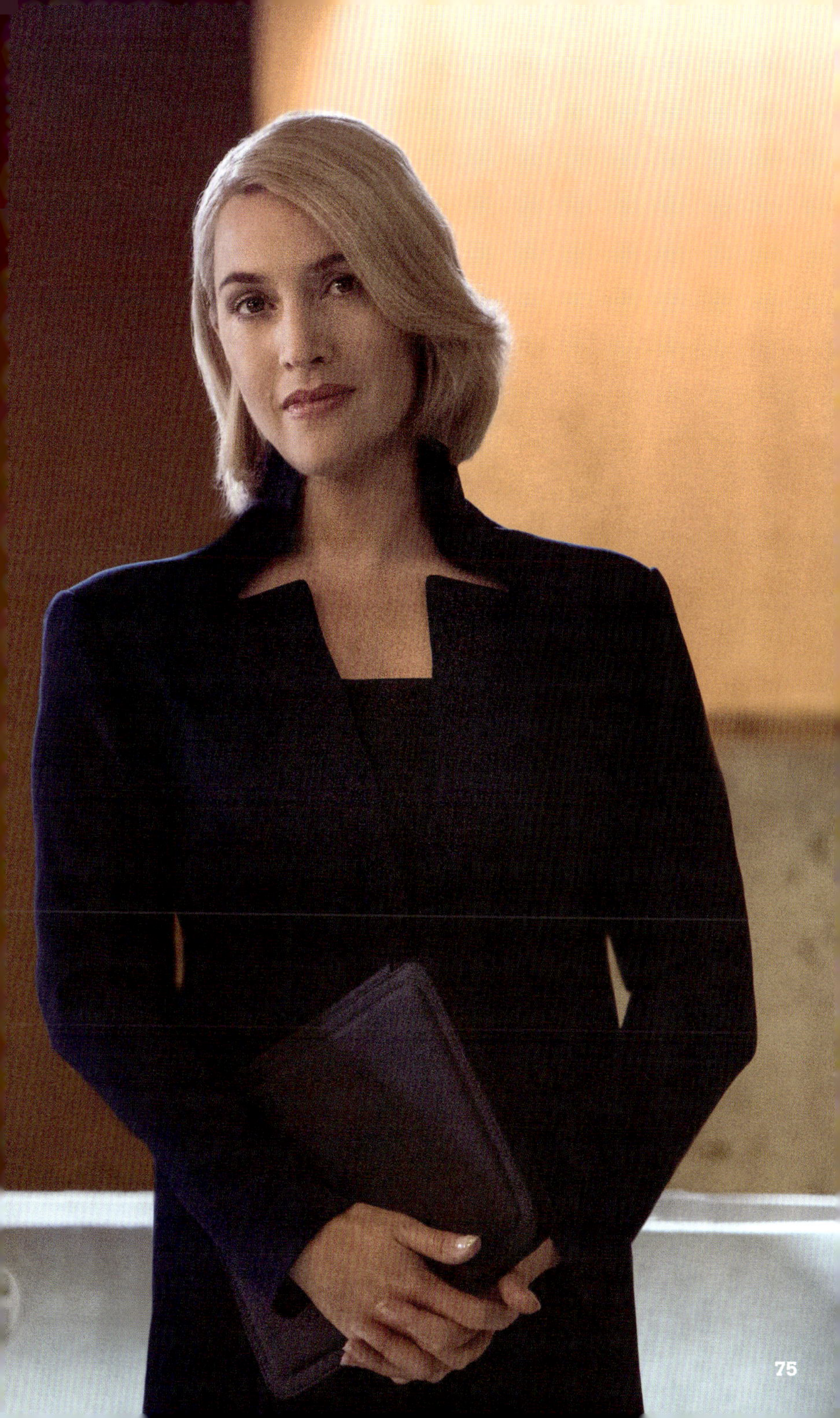

TORI WU

Facção: Audácia

Tatuadora e administradora do teste de aptidão

"SE VOCÊ NÃO SE ENQUADRA EM UMA CATEGORIA, NÃO PODEM CONTROLAR VOCÊ."

Nascida na Erudição, Tori é uma sábia e impetuosa integrante da Audácia. Ela e Tris se conheceram durante o teste de aptidão de Tris, que Tori administrou. Ela alertou a jovem sobre o seu resultado "inconclusivo" e os perigos de ser Divergente. O estúdio de tatuagem onde Tori trabalha se torna um refúgio para Tris durante a iniciação. Lá, confidências e conselhos dividem espaço com o chá e as tatuagens.

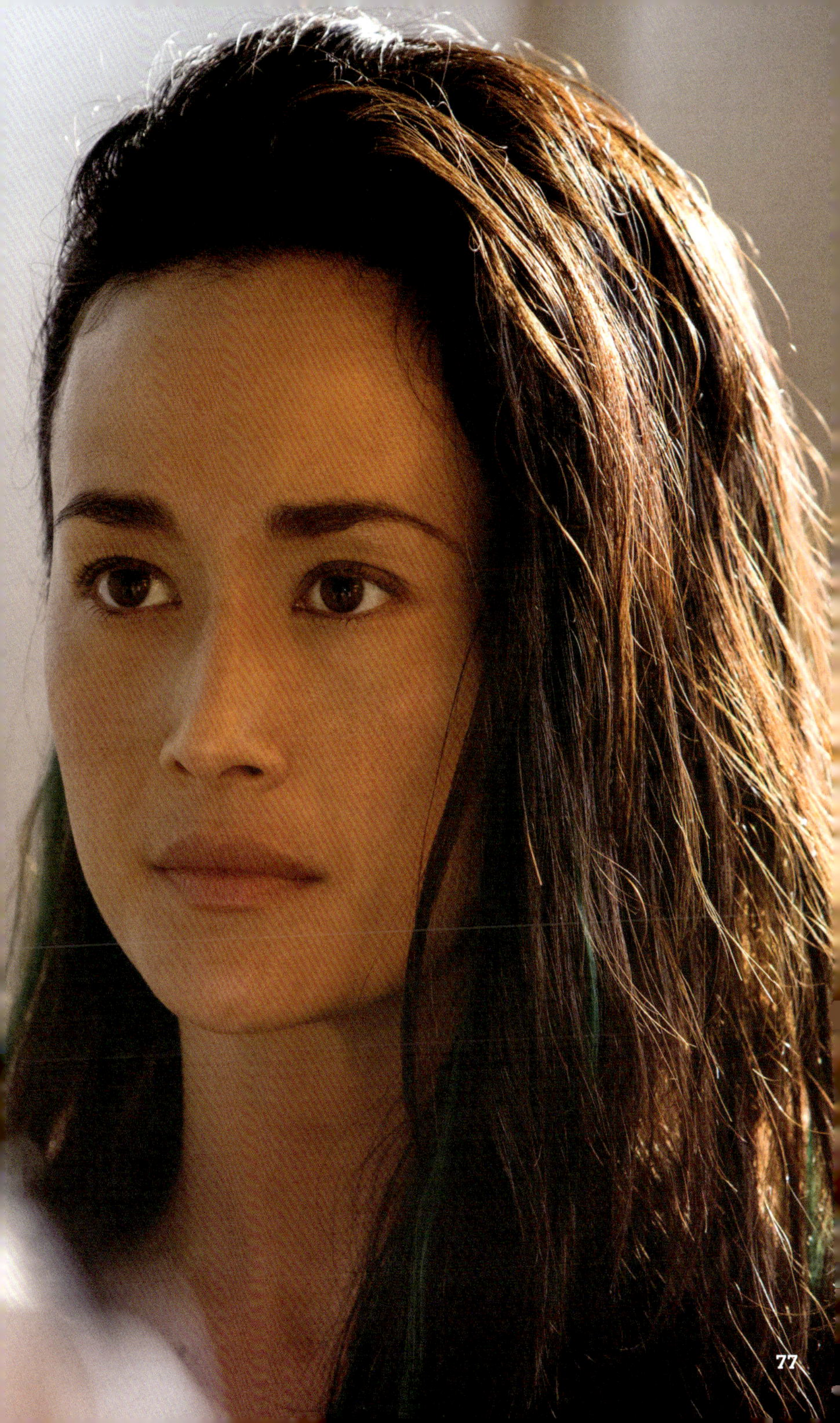

ERIC

Facção: Audácia

Líder em treinamento

"TREINAMOS SOLDADOS, NÃO REBELDES."

O instrutor de iniciação da Audácia, Eric, é implacável: cruel e intolerante, ele sente prazer em intimidar e zombar de seus subordinados. Acredita que ser corajoso é derrotar os rivais e não se interessa em reconhecer a força dos outros ou aprender com eles. Eric veio da Erudição. Ele e Quatro foram iniciandos da Audácia na mesma época e são rivais desde então – Eric nunca superou ter ficado sempre em segundo lugar, atrás de Quatro, nos exames da Audácia.

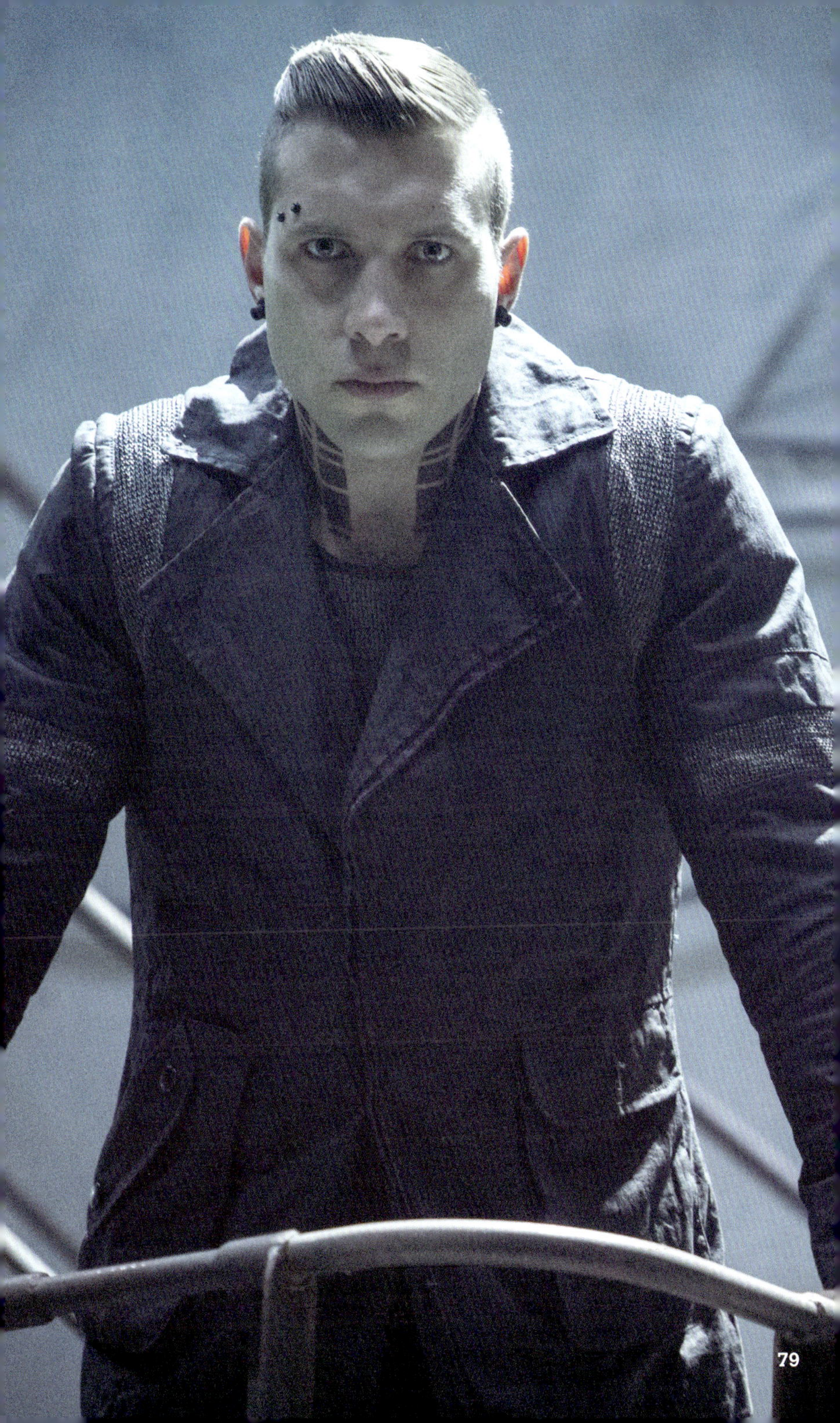

MAX

Facção: Audácia

Líder da Audácia

"AUDÁCIA É REALIZAR ATOS COTIDIANOS DE BRAVURA E TER A CORAGEM DE DEFENDER OS OUTROS... DEIXEM-NOS ORGULHOSOS."

Sob a liderança de Max, a definição de bravura da Audácia está mudando aos poucos, deixando de ser relacionada a coragem interior e superação do medo e passando a girar em torno de competitividade e brutalidade. Max queria recrutar Quatro para o cargo de Eric de líder em treinamento, mas Quatro se recusou a ocupar um cargo de poder subordinado a Max por causa de sua visão sobre coragem. Desde então, o relacionamento entre os dois está tenso.

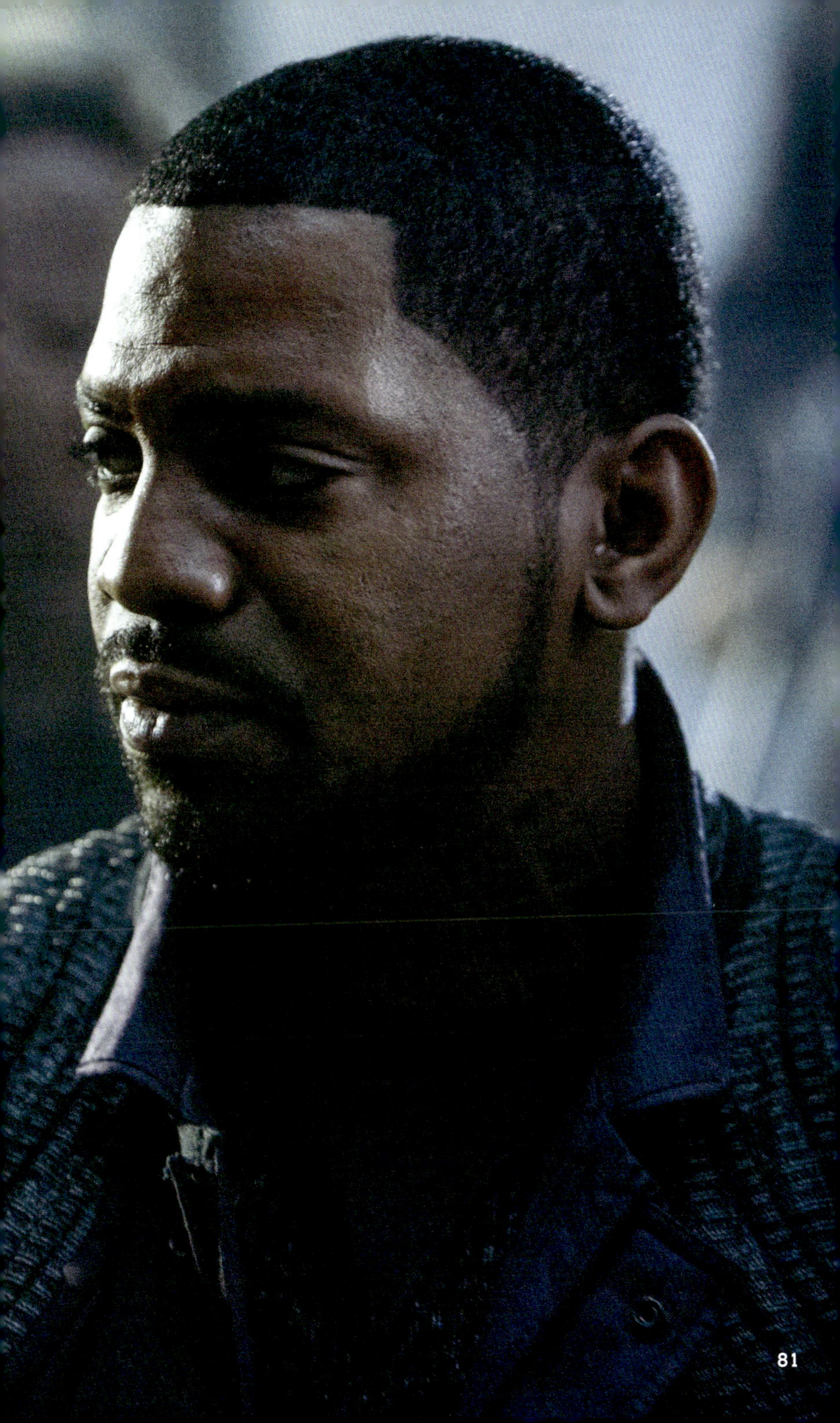

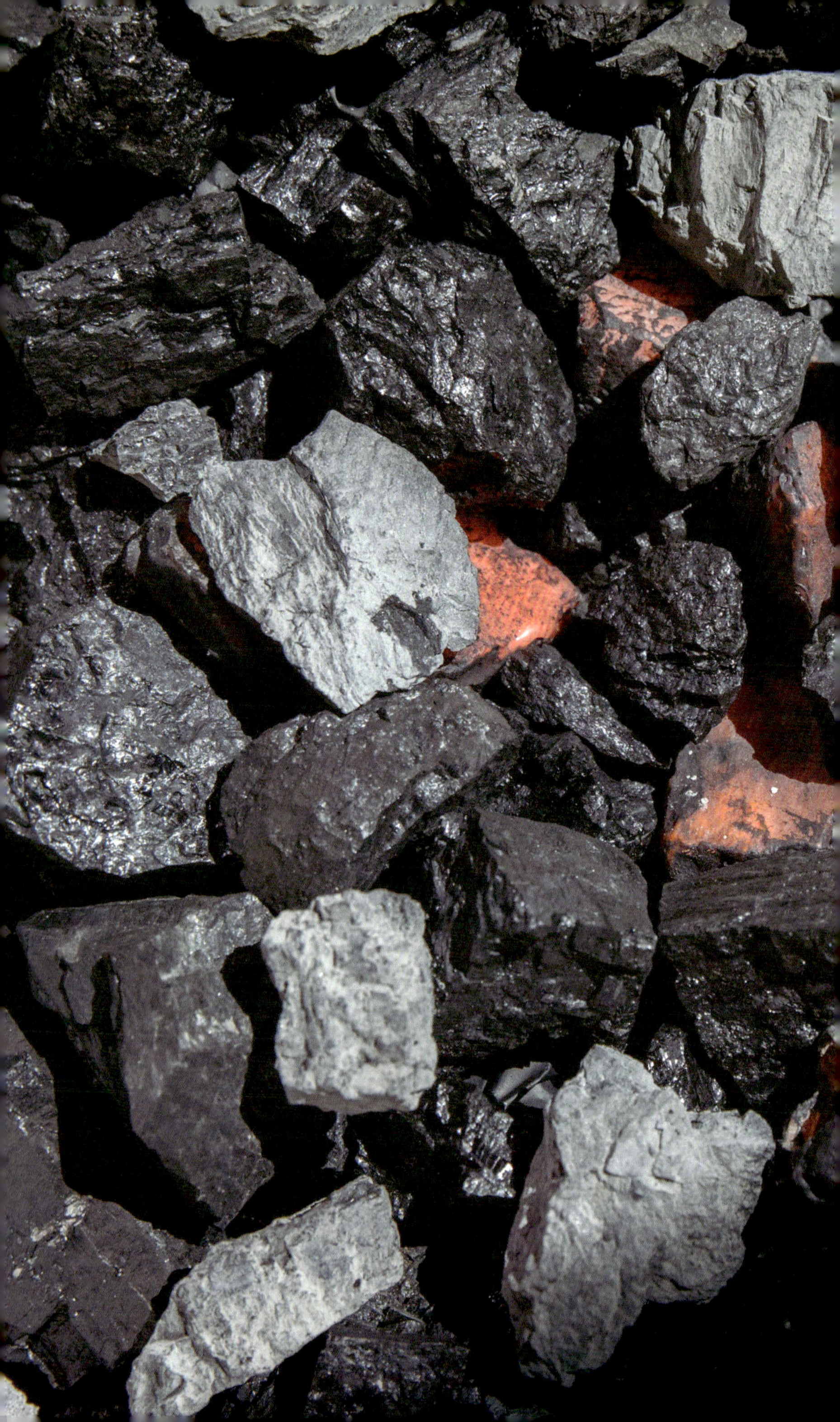

A ESCOLHA

O TESTE DE APTIDÃO

Na véspera da **Cerimônia** de Escolha, os alunos fazem o teste de aptidão. Ele é realizado na única escola da cidade, onde estudam jovens de todas as facções.

O teste ocorre em uma sala especial, com uma cadeira reclinável para o aluno e um computador que permite ao administrador monitorar e gravar os resultados. Os alunos não podem ser testados por um membro da própria facção, então é um adulto de outra facção que administra o teste.

Tudo começa com um soro que faz a mente passar por uma série de simulações intensas. Elas parecem reais e produzem resultados que o administrador pode monitorar pelo computador. Os cenários das simulações forçam os alunos a tomar decisões sob pressão que medem sua aptidão para cada uma das cinco facções. O teste termina quando resta apenas um resultado, ou aptidão, para uma das facções.

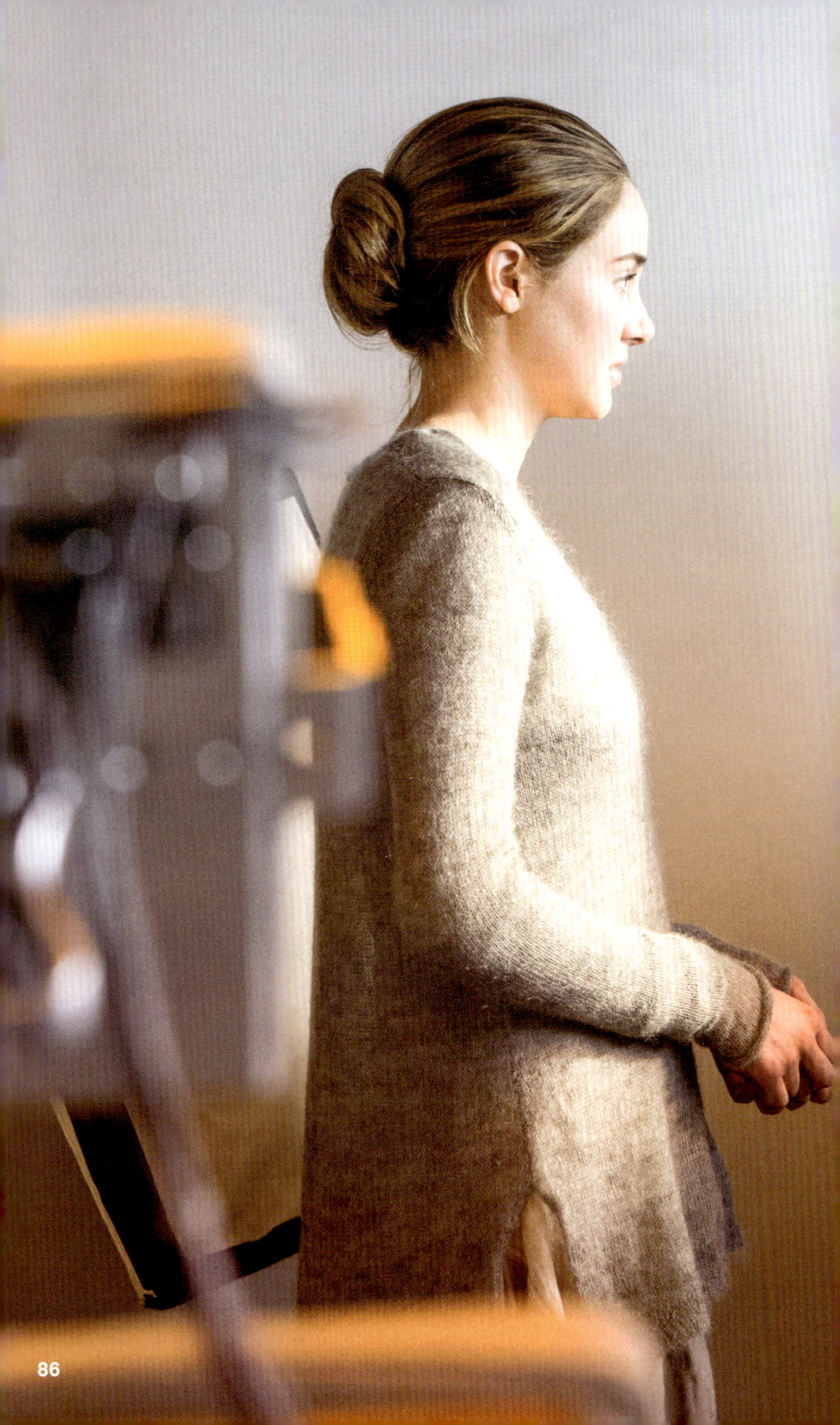

"APENAS CONFIE NO TESTE."

Os alunos não recebem muitas informações sobre o teste antes de passarem por ele. Os adultos dizem apenas que servirá para ajudá-los na escolha. Todos são advertidos com frequência de que os resultados devem ser mantidos em segredo e que não devem ser compartilhados nem mesmo com familiares e amigos mais próximos. Embora o teste seja um rito de passagem na sociedade, não é o fator mais importante para a decisão: é a escolha do dia seguinte que determinará o futuro de cada jovem.

DIA DA ESCOLHA

"SEI QUE VOCÊS FARÃO UMA BOA ESCOLHA HOJE."

A Cerimônia de Escolha acontece uma vez por ano. Jovens e adultos de todas as facções acordam cedo e seguem com outras pessoas de suas facções para o centro da cidade, até o prédio conhecido como Eixo, outrora chamado de Sears Tower.

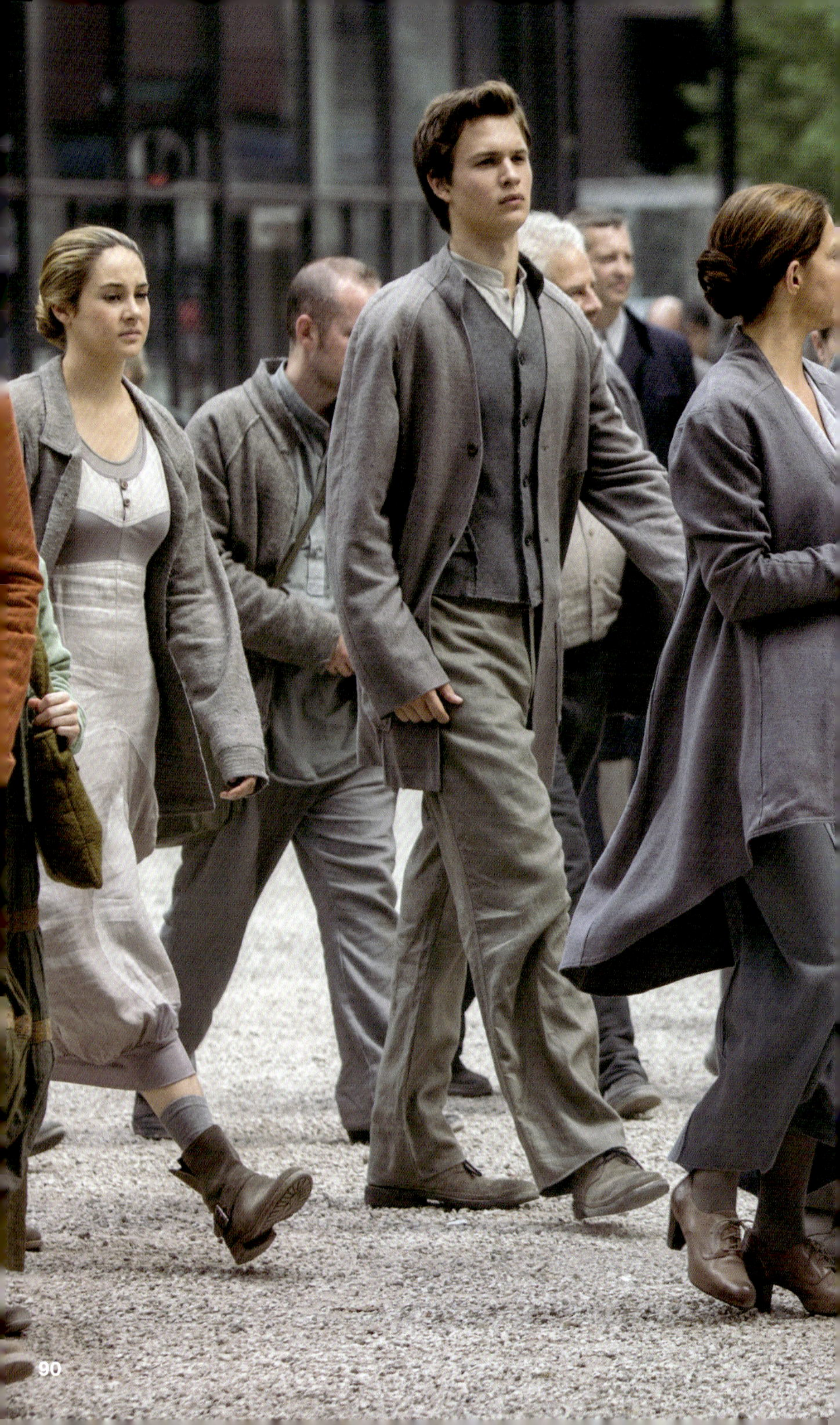

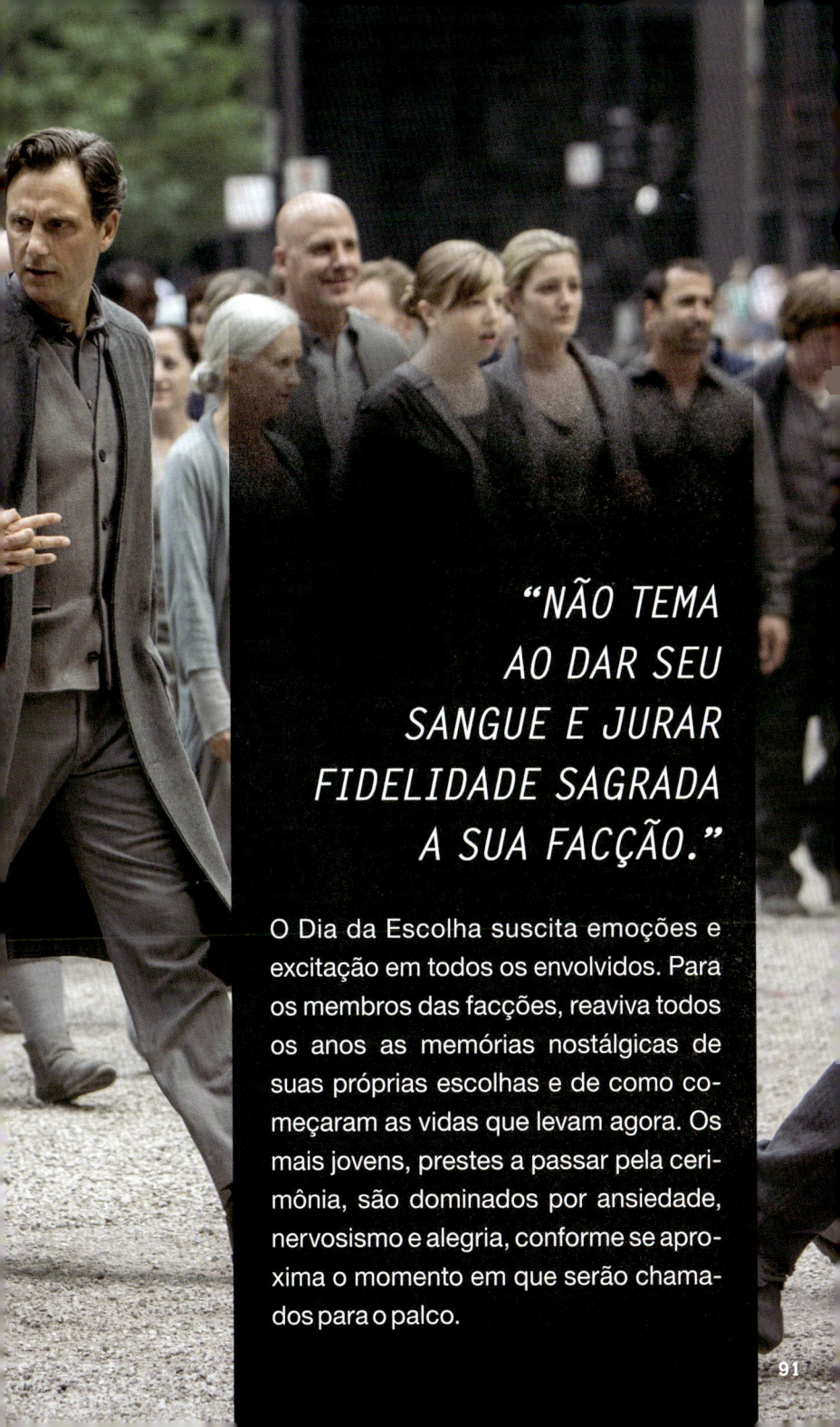

"NÃO TEMA AO DAR SEU SANGUE E JURAR FIDELIDADE SAGRADA A SUA FACÇÃO."

O Dia da Escolha suscita emoções e excitação em todos os envolvidos. Para os membros das facções, reaviva todos os anos as memórias nostálgicas de suas próprias escolhas e de como começaram as vidas que levam agora. Os mais jovens, prestes a passar pela cerimônia, são dominados por ansiedade, nervosismo e alegria, conforme se aproxima o momento em que serão chamados para o palco.

"...VOCÊ CHEGOU À IDADE EM QUE DEVE ESCOLHER SUA PRÓPRIA VIDA."

Cada Dia da Escolha traz a promessa de transferências dramáticas de facção e, com frequência, surpreendentes, assim como o memorável comprometimento de jovens às mesmas facções em que nasceram. Familiares e membros das facções passam a cerimônia em estado de tensão, esperando para descobrir se os jovens que amam retornarão para a facção de origem ou a deixarão para sempre, em busca de novos lares e estilos de vida.

93

"A FACÇÃO ANTES DO SANGUE"

"QUANDO DEIXARMOS ESTE APOSENTO, VOCÊS NÃO SERÃO MAIS DEPENDENTES, MAS MEMBROS ADULTOS DESTA SOCIEDADE, CUJO SUCESSO E BEM-ESTAR AGORA ESTÃO EM SUAS MÃOS."

Embora **cada facção** seja voltada para a própria virtude, há uma frase importante para todas elas: a máxima "a facção antes do sangue". Essa sentença expressa a crença fundamental, defendida pelas cinco facções, de que, uma vez feita a escolha, a facção se torna a unidade social mais importante – acima de família, amigos, mentores ou qualquer outro aspecto da estrutura social.

A frase é repetida com frequência por representantes do governo, líderes e integrantes de facção, e até mesmo por pais a seus filhos. Também é usada como uma explicação para determinados comportamentos, um lembrete da ordem das coisas, um lema ou uma advertência.

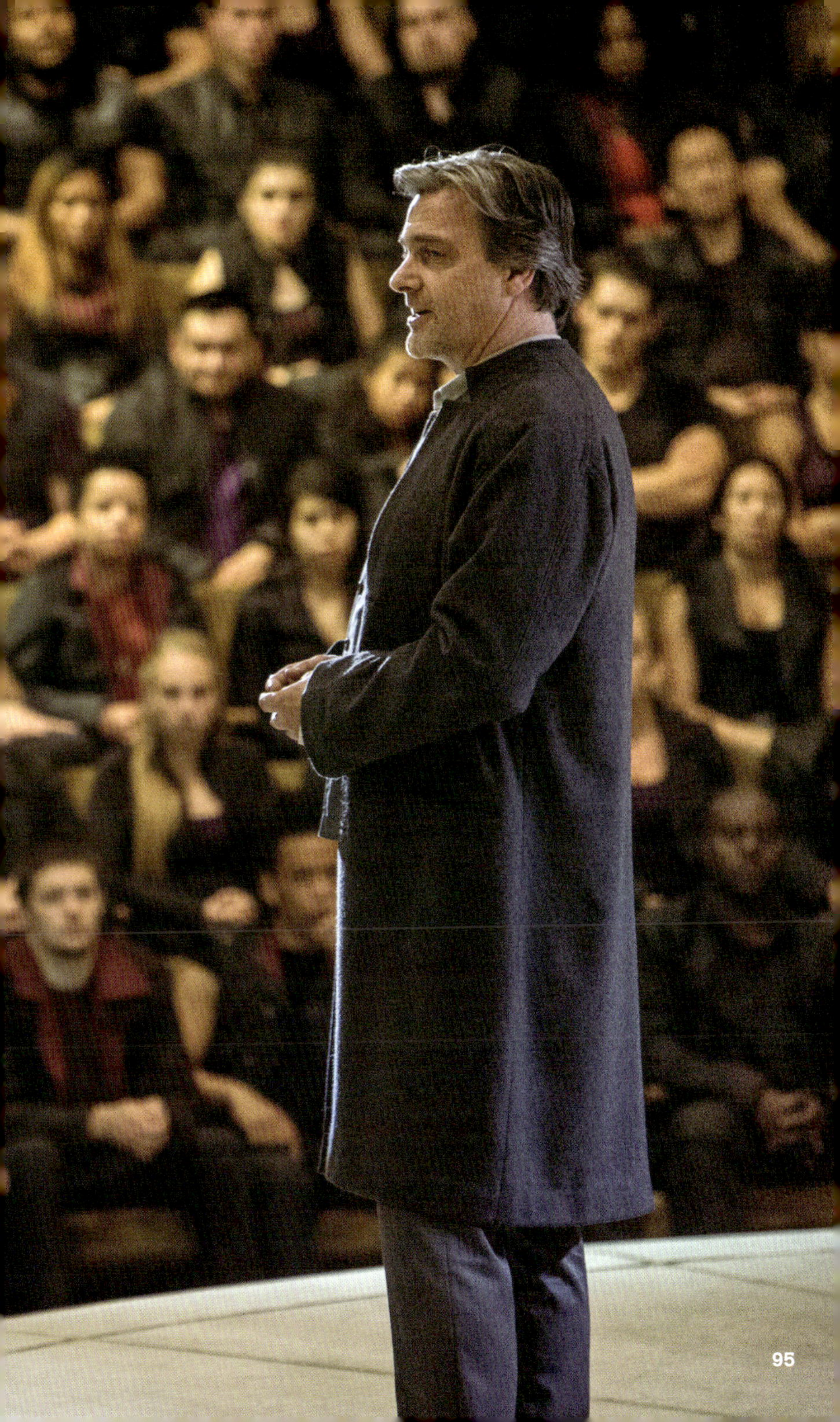

A CERIMÔNIA DE ESCOLHA

A **Cerimônia de Escolha** começa com o discurso de vários líderes de facção, que recontam a história da sociedade, lembrando a todos os presentes as intenções dos antigos líderes: uma vida centrada em virtudes e moldada por facções seria capaz de prevenir conflitos e levar à paz duradoura. Ao final de cada fala, todos os presentes murmuram o lema da sociedade, "A facção antes do sangue", e então o aposento fica em silêncio e a cerimônia propriamente dita começa.

No palco há cinco grandes recipientes, cada um com o símbolo de uma facção e contendo as substâncias que as representam para a Cerimônia de Escolha. Quando cada jovem é chamado ao palco, recebe uma faca com a qual deve cortar a palma da mão para deixar cair algumas gotas de sangue no recipiente da facção escolhida. O jovem não precisa dizer nada, pois seu sangue já mostra a opção.

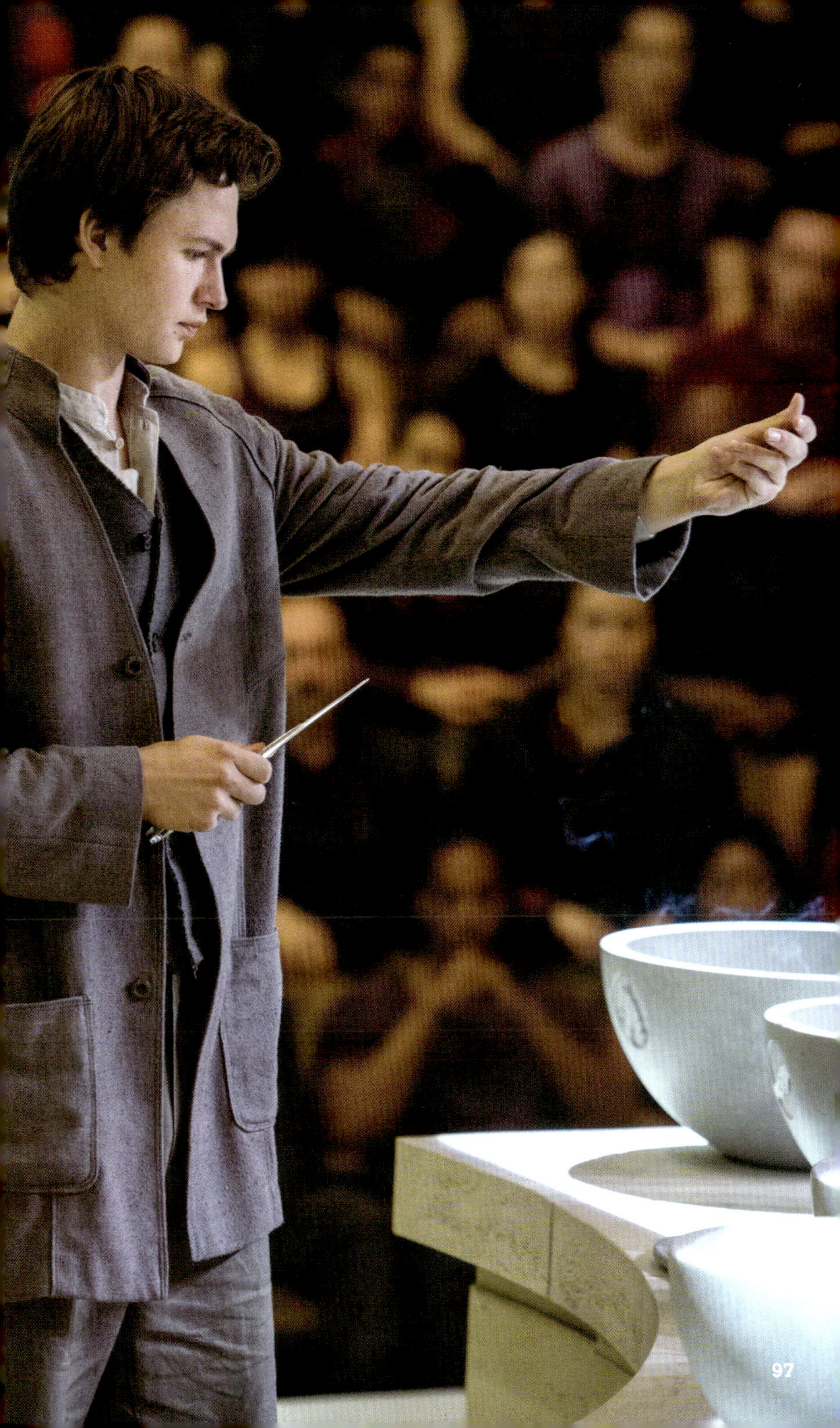

O recipiente da ABNEGAÇÃO contém pedras cinzentas, as mesmas usadas para construir ruas e edifícios na cidade. A Abnegação acredita que as pedras são o material mais útil e estável que existe, qualidades que admiram por estarem relacionadas ao altruísmo.

O recipiente da AMIZADE contém terra, que representa a relação da Amizade com a natureza. Os integrantes da facção acreditam que a natureza é capaz de imbuir paz em suas vidas. Derramar o próprio sangue no vaso com terra é visto como um ato de compromisso com a paz que começa no momento da escolha e dura até o fim da vida.

O recipiente da **FRANQUEZA** contém vidro. A Franqueza afirma que a transparência torna as pessoas honestas. A facção acredita que o vidro é uma representação real da transparência implacável que ela exige.

O recipiente da AUDÁCIA contém carvão em brasa. Derramar sangue sobre as brasas não as apaga, mas alimenta o fogo. Os carvões da Audácia representam o poder destrutivo do fogo, mas também o calor e a vitalidade que ele gera.

O recipiente da ERUDIÇÃO contém água. A limpidez da água é semelhante à clareza que os membros da facção almejam em sua busca contínua por conhecimento. A água também é uma mensagem para todos os que desejam integrar a facção: uma única ideia ou ação pode resultar num enorme peso ou impacto.

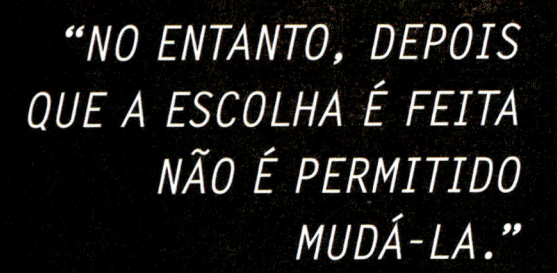

> "NO ENTANTO, DEPOIS QUE A ESCOLHA É FEITA NÃO É PERMITIDO MUDÁ-LA."

Após fazer sua escolha, o jovem deixa o palco e se junta à facção escolhida. Ainda que a liberdade de escolha de facção seja uma regra da sociedade, isso não impede que os que foram deixados se sintam traídos. As expressões de choque ou alívio da plateia, que vão de murmúrios a aplausos, cercam o candidato que se junta à facção escolhida. Para quem opta pela transferência, não há qualquer momento reservado para voltar à facção de origem e se despedir, pedir desculpas ou dar explicações. Cada facção deixa em grupo o ambiente ao fim da cerimônia, a fim de que a nova vida de cada jovem, seja ele transferido ou não, possa começar de forma completa e definitiva no momento da escolha.

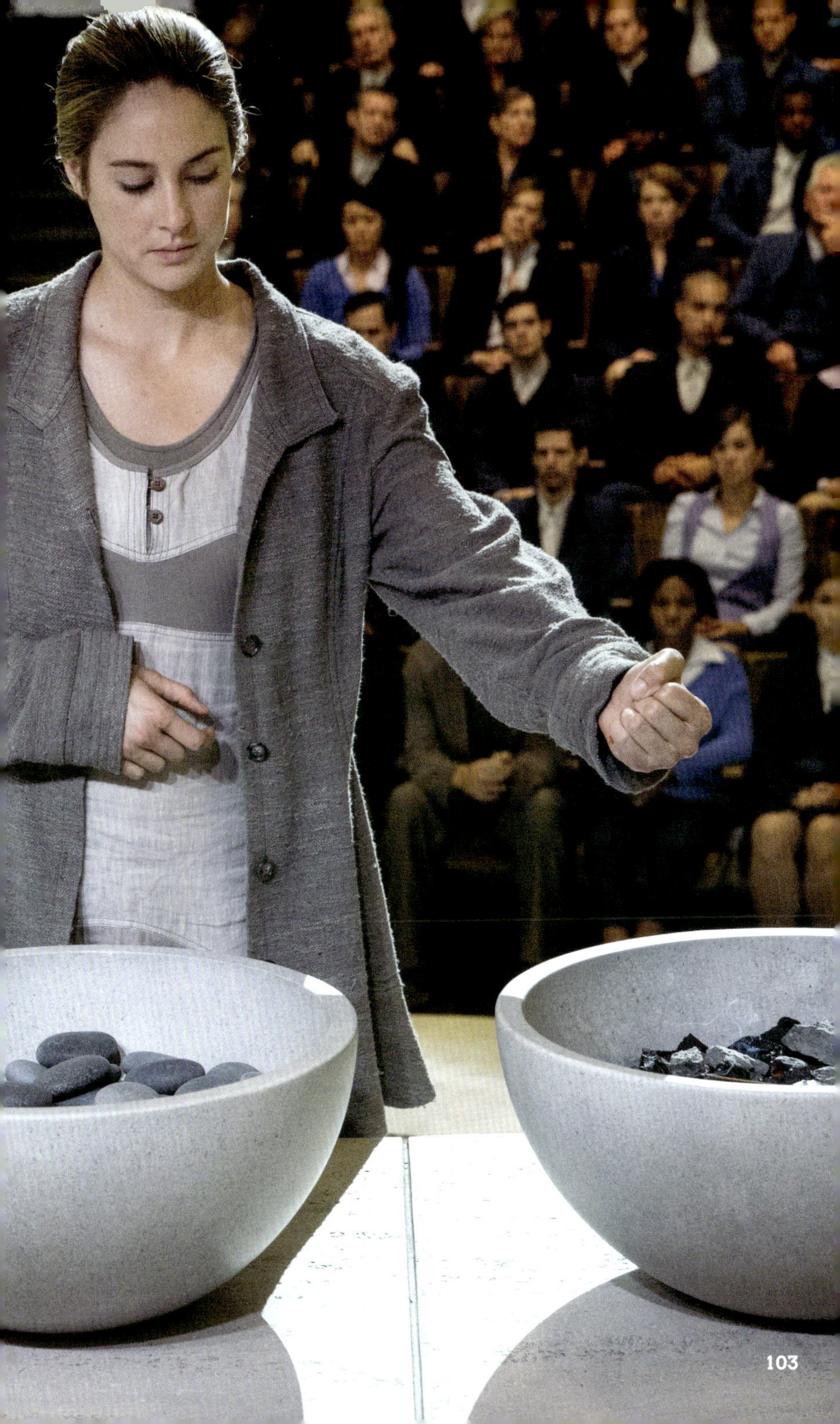

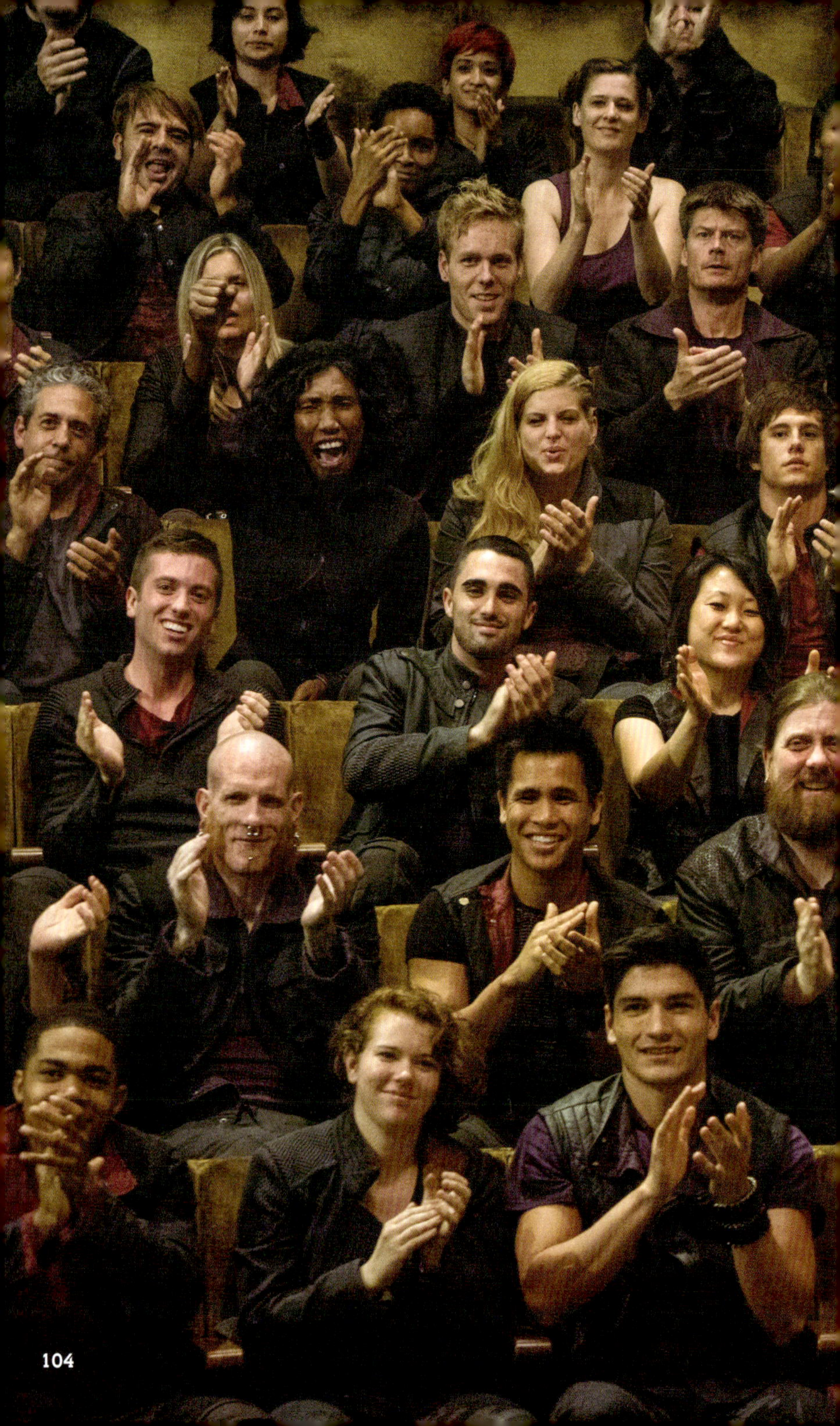

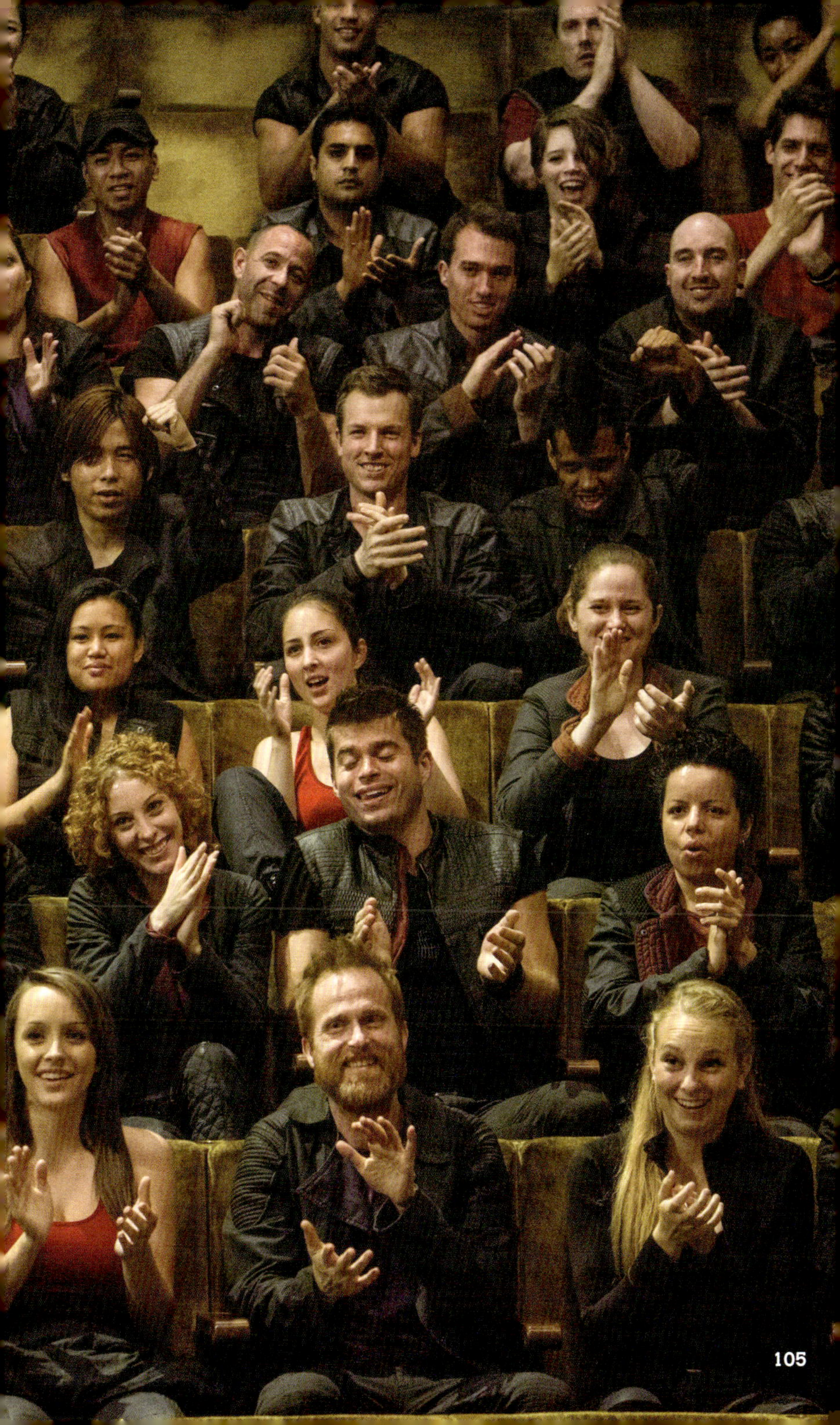

TORNANDO-SE MEMBRO DA AUDÁCIA

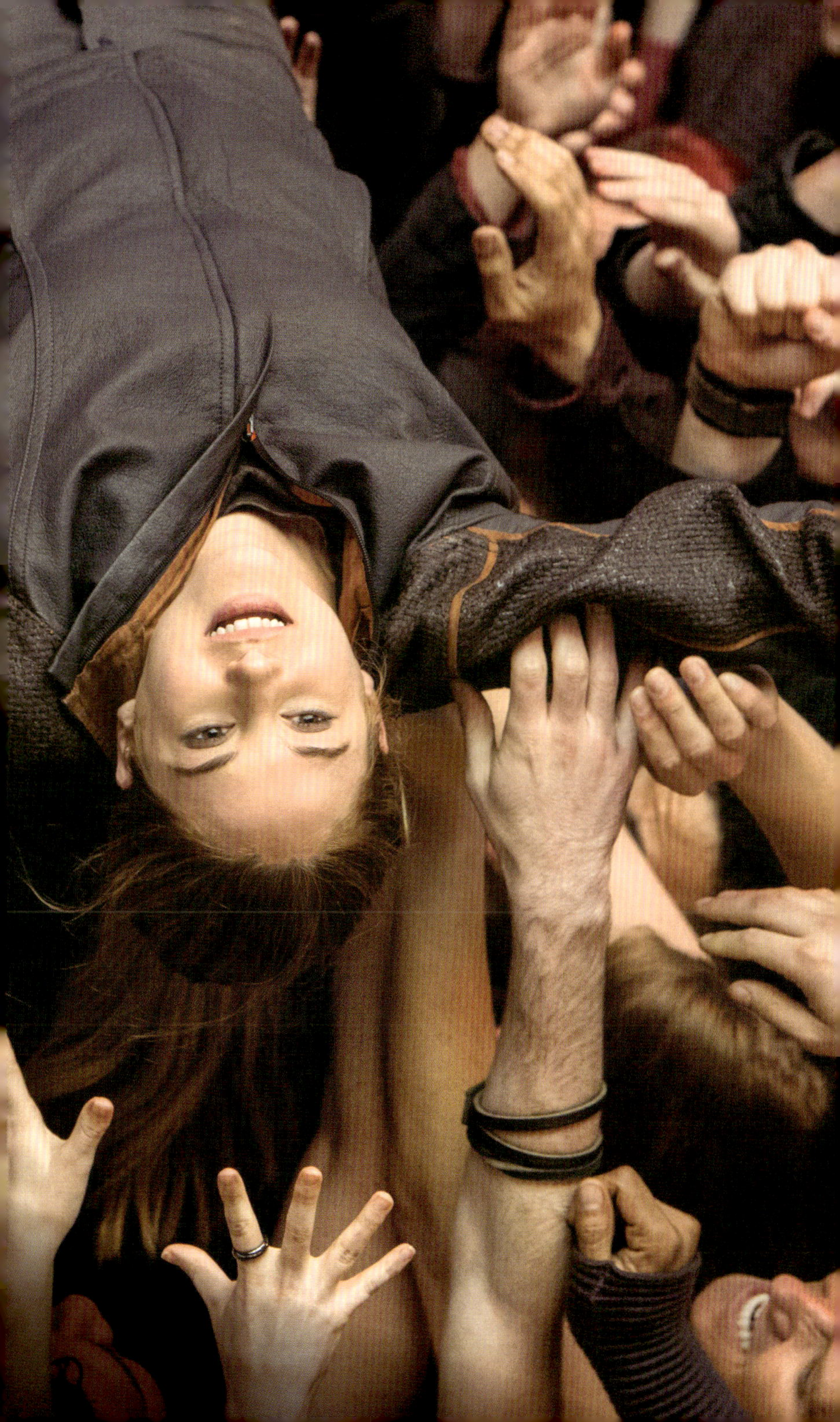

OS TRENS

"É IMPRESSÃO OU ESTÃO TENTANDO NOS MATAR?"

Os **trens** que circulam pela cidade parecem não parar nunca, e apenas os integrantes da Audácia utilizam os vagões. Quando o trem chega ao lugar onde querem descer, os passageiros abrem as portas dos vagões e saltam, sem esperar a velocidade diminuir e sem saber se há uma parada no local (geralmente não há).

Subir nos trens também requer coragem. Os membros da Audácia ignoram as escadas que levam às estações, pois a maioria delas está em ruínas, optando em vez disso por escalar paredes e colunas, ou o que for necessário, para chegar aos trilhos. Quando um trem se aproxima, os integrantes da facção correm em paralelo a ele até alcançarem sua velocidade. Então pulam e se agarram aos corrimãos da parte externa dos vagões. Depois de se pendurarem do lado de fora até recobrarem o equilíbrio, lançam-se pela porta mais próxima, adentrando um vagão. Os membros da Audácia pulam dos trens diariamente e não parecem se importar com o risco ou o medo que sentem.

111

O FOSSO

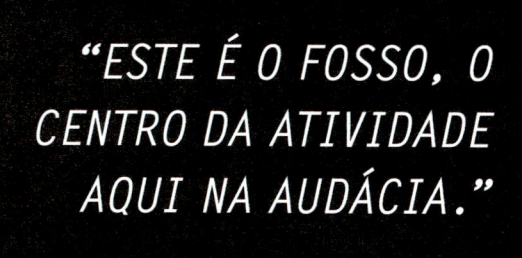

> **"ESTE É O FOSSO, O CENTRO DA ATIVIDADE AQUI NA AUDÁCIA."**

O Fosso é o coração das atividades da Audácia. É uma caverna toda branca, de paredes lisas e aparência futurista, por onde circulam os integrantes da facção com suas roupas pretas que contrastam com as paredes de rocha. Com quase trinta metros de profundidade e quase o dobro de largura, o Fosso é cercado por paredes com protuberâncias e reentrâncias estreitas, e obviamente não possui cercas ou grades de segurança. Como era de se esperar do coração da vida na Audácia, o Fosso pulsa com uma energia vibrante, independente e livre.

O ABISMO

"ESTE É O ABISMO. TODO ANO ALGUÉM TENTA PULÁ-LO. SÓ UM SOBREVIVEU. ESTUPIDEZ... CORAGEM. APRENDA A DIFERENÇA."

Um **precipício íngreme** dentro do Fosso. Uma ponte enferrujada e envergada o atravessa. À primeira vista, parece possível atravessá-lo de um pulo, mas sua largura engana e a água que o preenche é mais rasa do que aparenta.

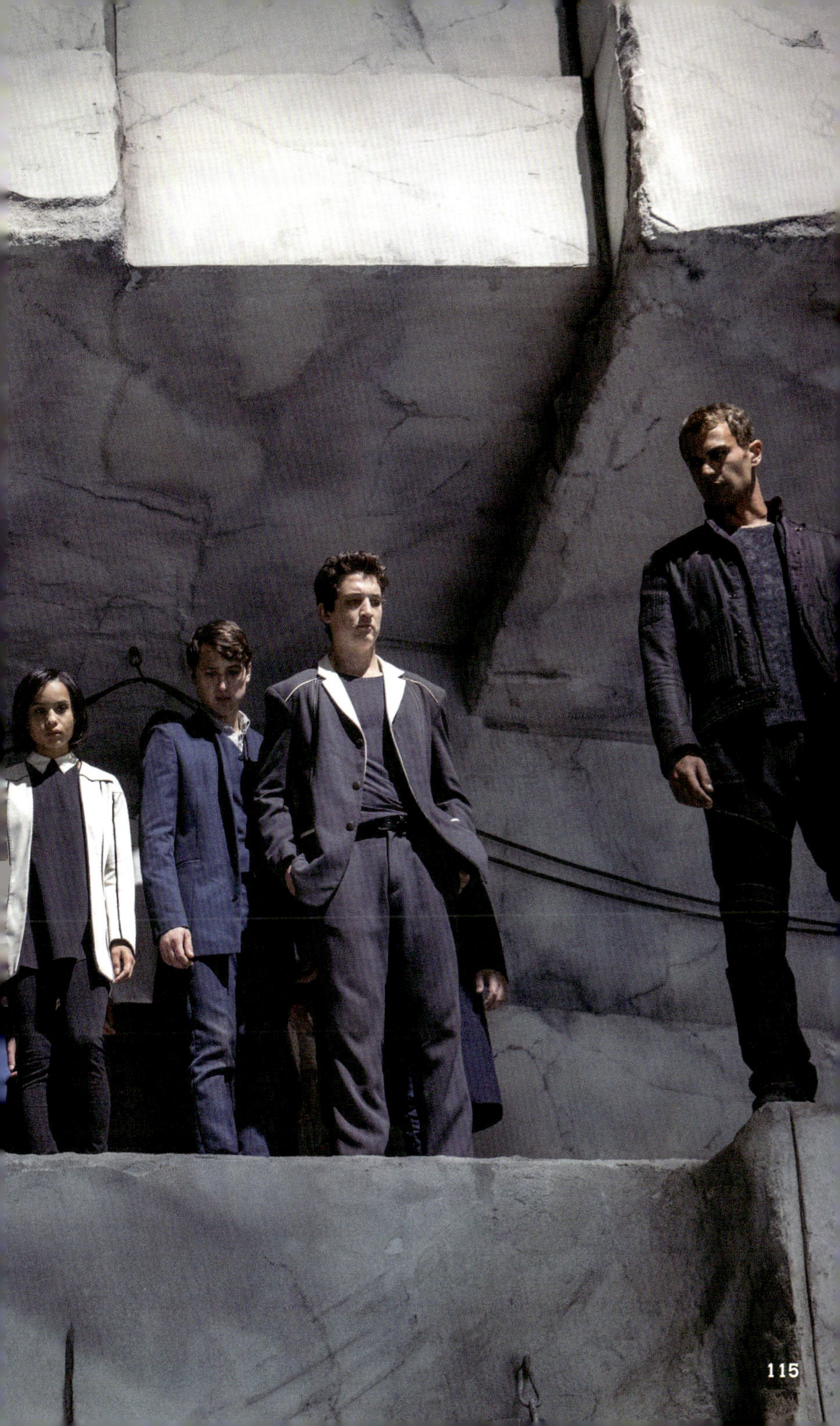

UNIFORME DA AUDÁCIA

"VOCÊ TEM QUE ADOTAR O VISUAL."

Logo após chegarem, os iniciandos da Audácia recebem uma espécie de uniforme para usar durante o treinamento. Para alguns, o estilo das novas roupas é bem diferente em relação à formalidade ou ao conforto a que estavam acostumados. As roupas justas e flexíveis permitem movimentos rápidos e seguros e chamam atenção para o físico que os membros da facção cultivam com horas de treinamento rigoroso.

Muitos optam por acentuar a aparência ousada com cortes e penteados audaciosos, tinturas de cabelo e tatuagens chamativas. Para alguns, elas servem apenas para marcar a pele com o símbolo da facção, mas outros escolhem as figuras que lhes parecem mais intimidantes. Há ainda quem opte por desenhos com significados mais pessoais.

O ESTÚDIO DE TATUAGEM

"INTEGRANTES DA AUDÁCIA FAZEM TATUAGENS."

Os membros da Audácia têm orgulho de se tatuar e o fazem com frequência. A tinta na pele é uma forma de mostrar que estão dispostos a suportar a dor. Também é um lembrete vívido da facção a que pertencem, pois ninguém confundiria a facção de um integrante tatuado da Audácia.

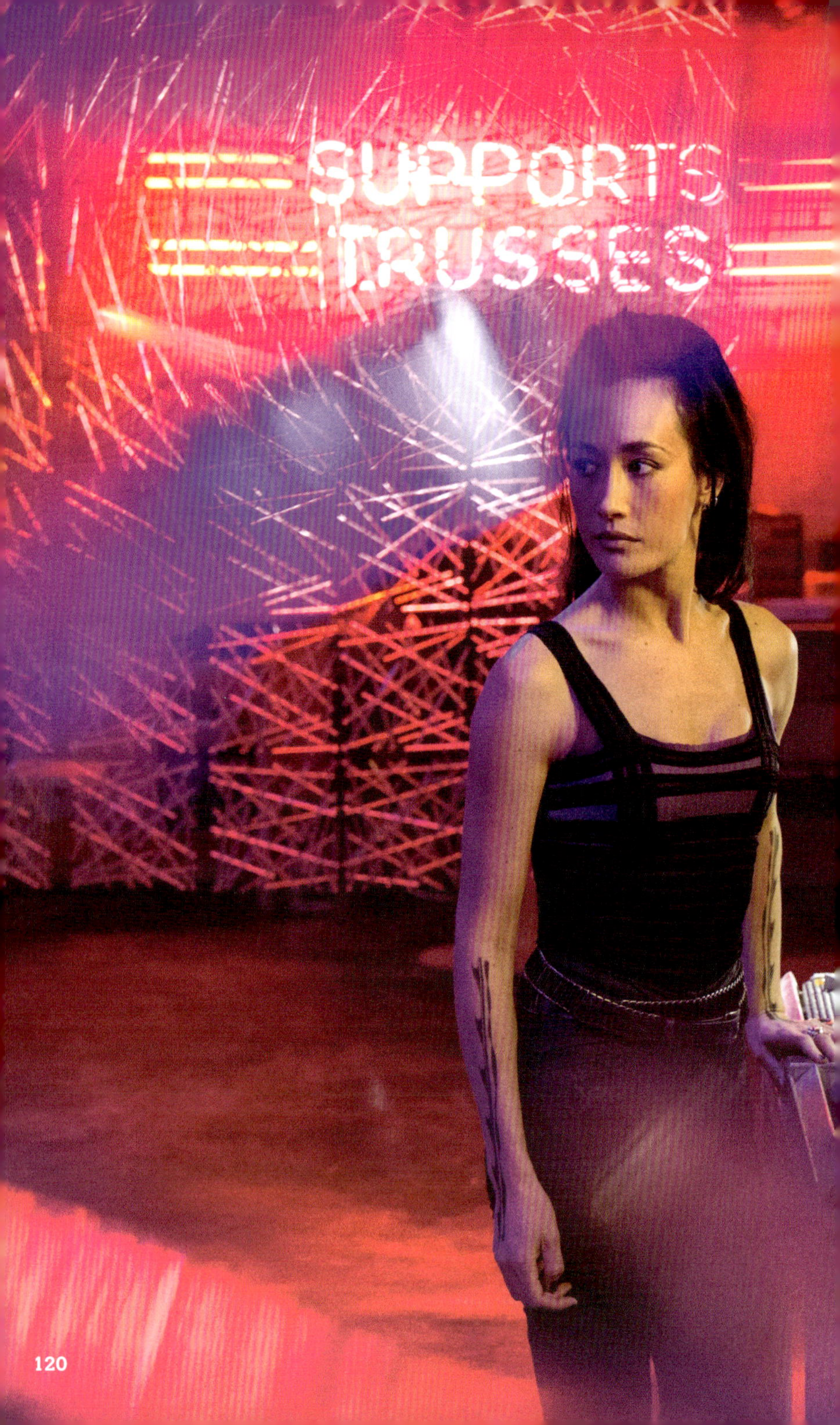
SUPPORTS
TRUSSES

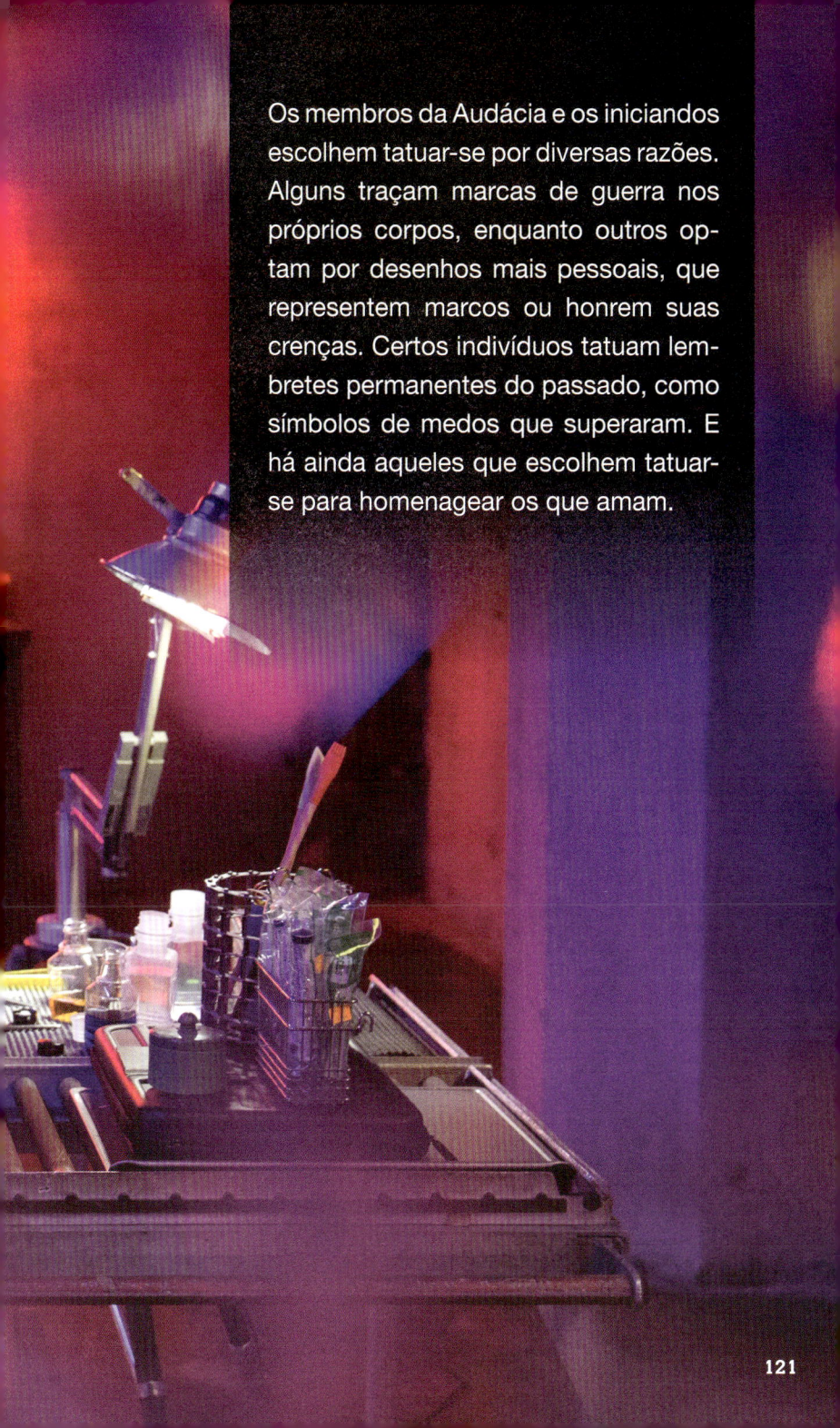

Os membros da Audácia e os iniciandos escolhem tatuar-se por diversas razões. Alguns traçam marcas de guerra nos próprios corpos, enquanto outros optam por desenhos mais pessoais, que representem marcos ou honrem suas crenças. Certos indivíduos tatuam lembretes permanentes do passado, como símbolos de medos que superaram. E há ainda aqueles que escolhem tatuar-se para homenagear os que amam.

OS DORMITÓRIOS

No Fosso, os iniciandos descobrem que precisarão conviver durante todo o treinamento e o período de iniciação. Os dormitórios são unissex, assim como os banheiros adjacentes, e ambos trazem uma decoração que, na melhor das hipóteses, pode ser considerada espartana: não há divisórias que ofereçam privacidade, nem margem para acanhamento.

Os dormitórios tornam-se o epicentro da vida e das emoções dos iniciandos, para o bem ou para o mal. Alianças e amizades se formam ali durante o tempo livre. Mas eles também são palco de traições e golpes que acontecem nos momentos mais inesperados e vulneráveis, à medida que os iniciandos tentam provar sua força tanto para seus pares quanto para os instrutores e líderes da Audácia.

123

"SE VOCÊ GOSTOU DISSO, ENTÃO VAI AMAR O BANHEIRO."

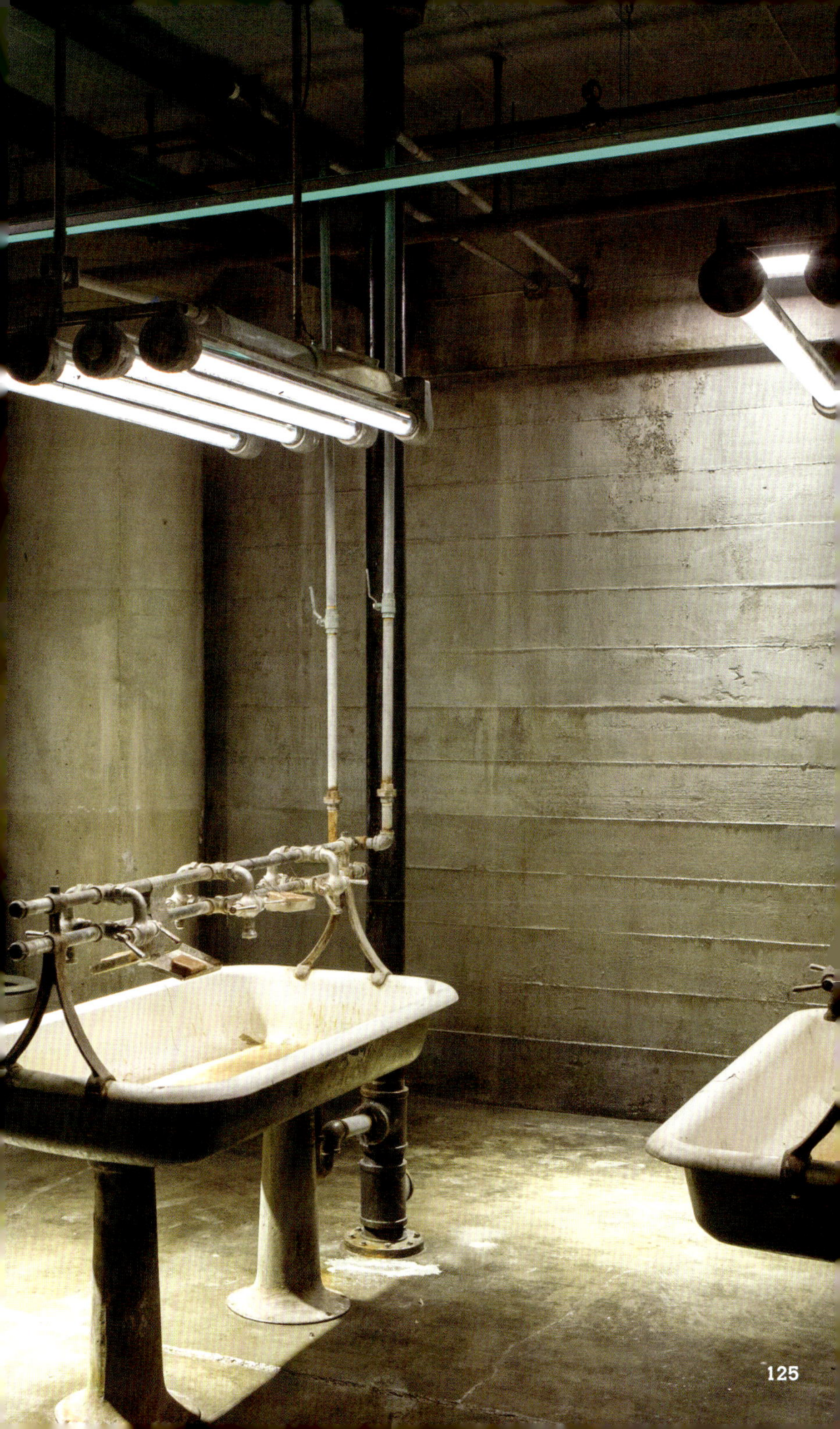

O REFEITÓRIO

"O PRAZER É MEU."

Os membros da Audácia comem juntos no refeitório cavernoso, onde se confundem em um mar de roupas pretas, pontuadas por um ou outro cabelo de tom extravagante ou alguma tatuagem especialmente colorida. As refeições na Audácia são barulhentas, vívidas e informais: um calor caótico pulsa delas, assim como tudo no cotidiano da facção.

O refeitório da Audácia também é o local onde os líderes da facção se dirigem à comunidade, onde os anúncios diários são feitos e onde se dão as celebrações.

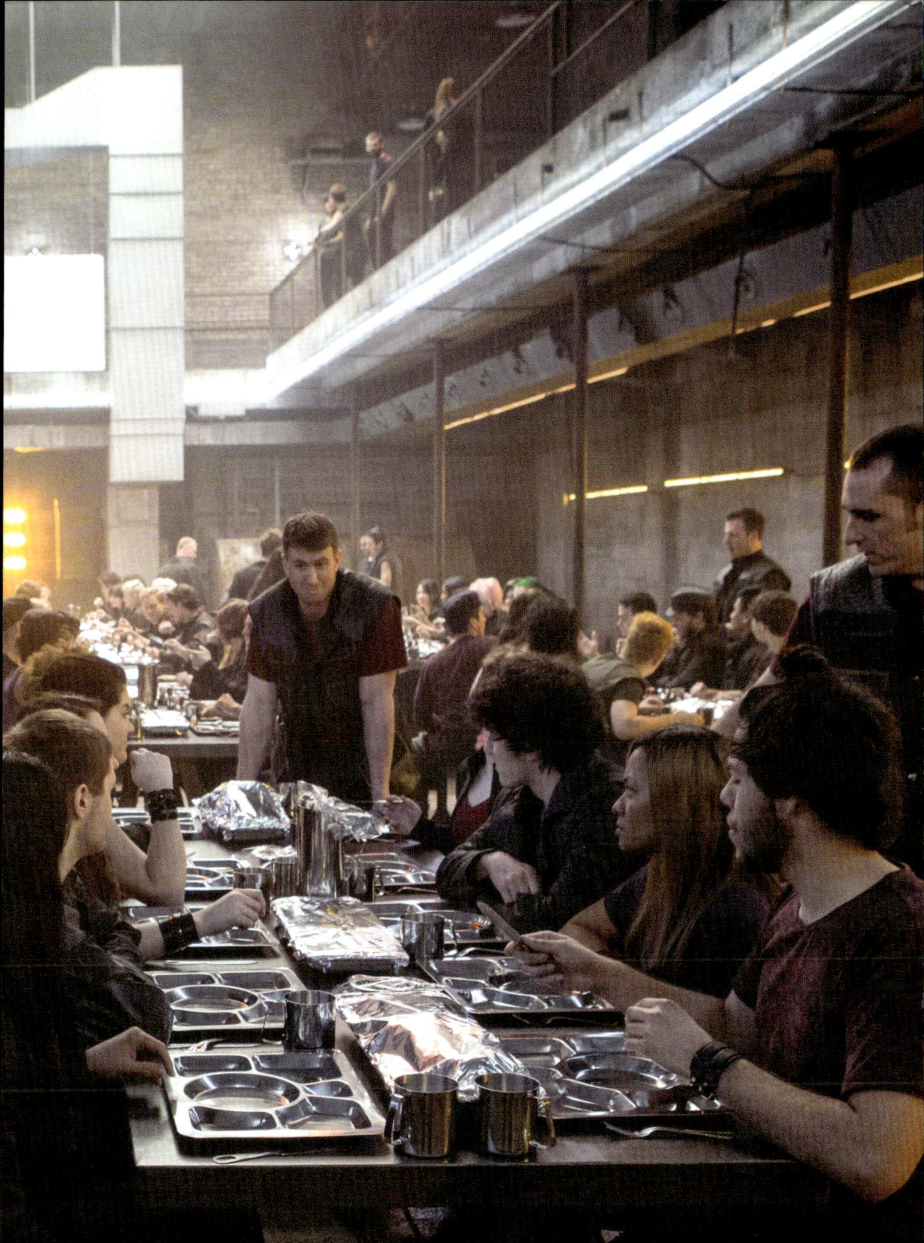

TREINAMENTO

"O PRIMEIRO ESTÁGIO DO TREINAMENTO É FÍSICO."

Muitos dos dias e semanas do treinamento da Audácia são dedicados a uma única atividade: luta. Os instrutores, Eric e Quatro, lideram os iniciandos em aulas de técnica de combate e de vários métodos de luta corpo a corpo. Os iniciandos começam os exercícios com sacos de areia, aprendendo a socar e chutar. Os jovens passam inicialmente por um treinamento teórico, mas assim que as aulas acabam, começa a prática, e todos logo são divididos em pares para lutar um contra o outro, em disputas que só acabam quando alguém desiste ou é nocauteado.

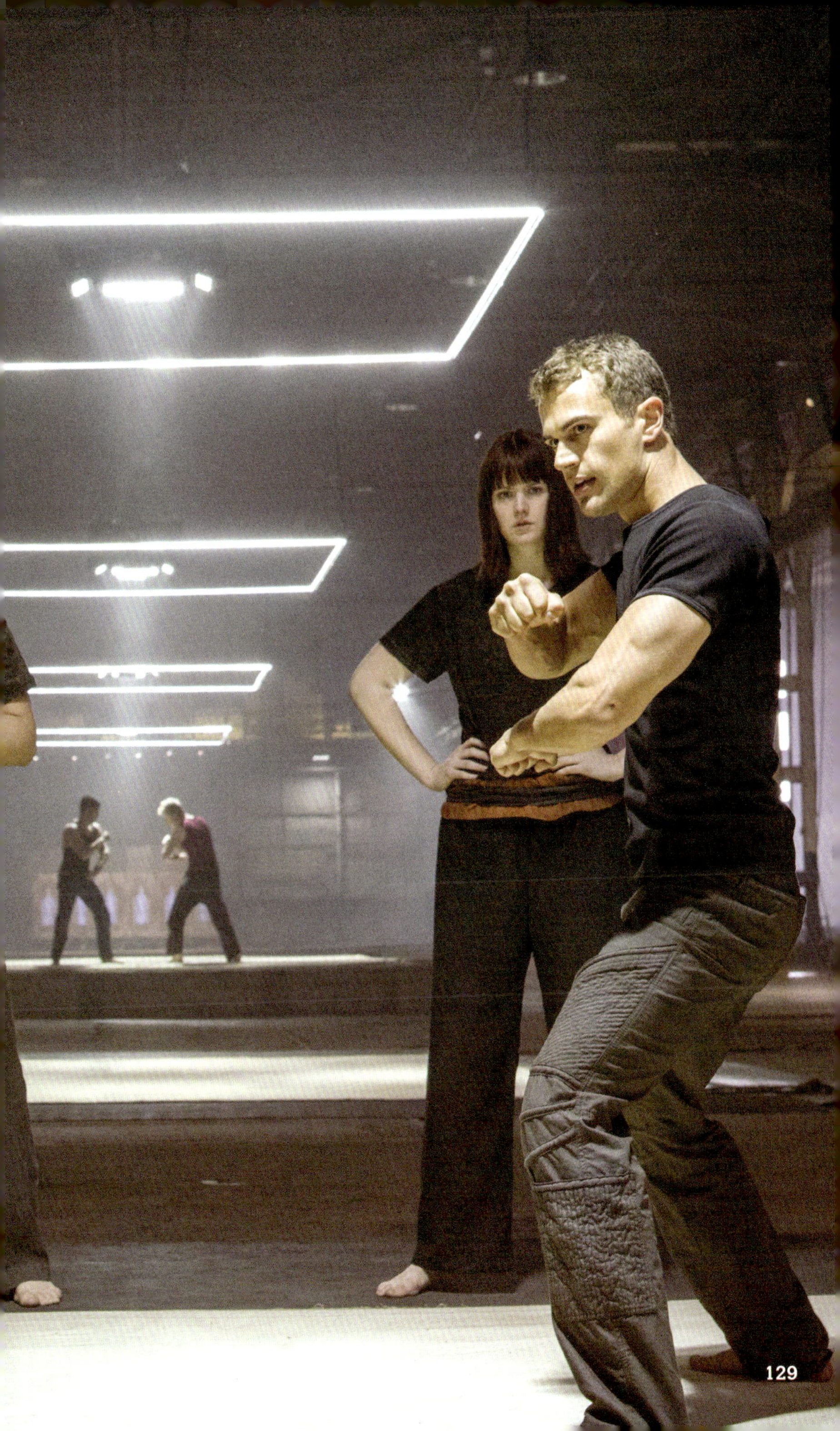

FACAS E ARMAS

"SE VOCÊ SE ESQUIVAR... ESTÁ FORA."

A **iniciação na Audácia é** muito semelhante a um treinamento militar. O dia começa bem cedo, em geral com uma corrida pela cidade ou outro exercício de aquecimento. Combate em duplas e técnicas de luta compõem a segunda parte da rodada inicial de treinamento.

Alguns dos iniciandos nunca viram uma arma antes, nem sequer usaram uma faca para algo além de cozinhar, mas, quando a iniciação termina, todos devem ser capazes de atirar facas com extrema precisão, recarregar armas e atirar sem hesitar ou errar o alvo. O treinamento aumenta a força e estimula a coragem dos iniciandos, mas também realça cada uma de suas fraquezas.

AS CLASSIFICAÇÕES

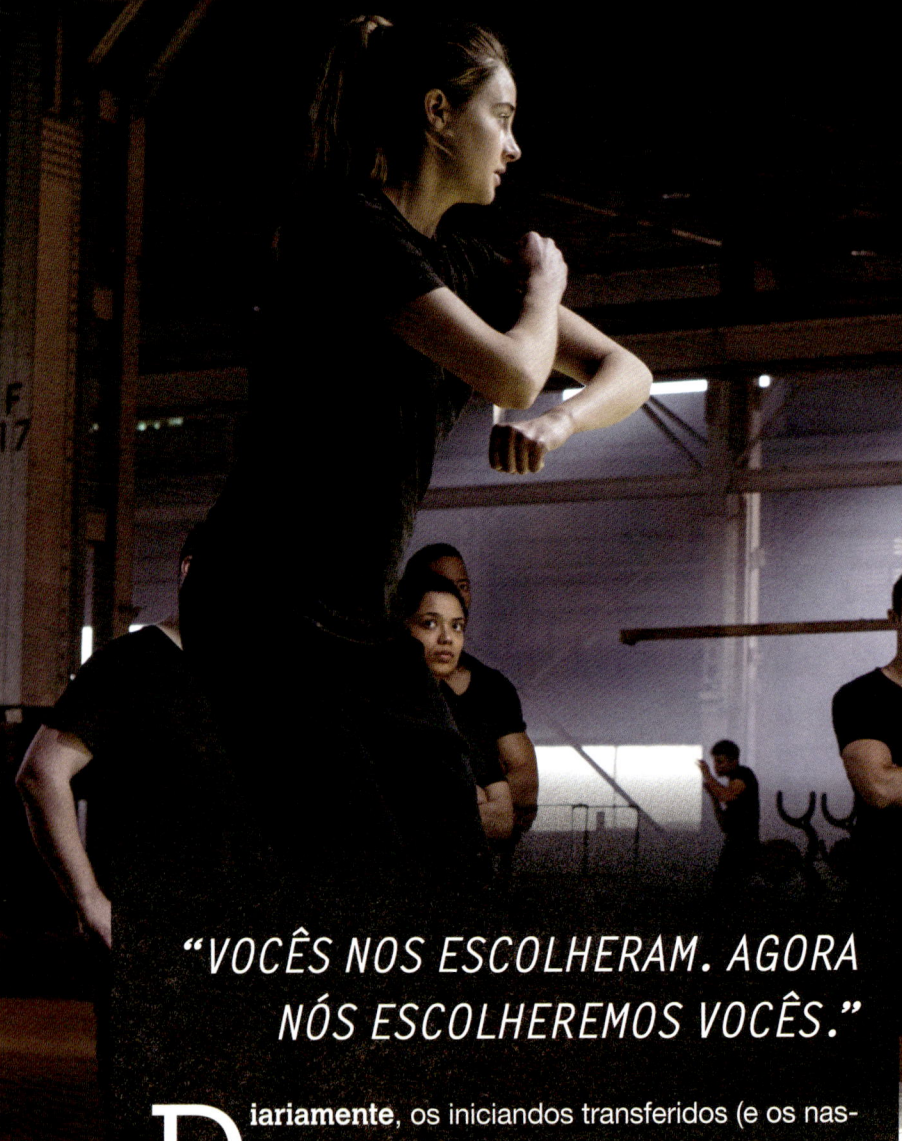

"VOCÊS NOS ESCOLHERAM. AGORA NÓS ESCOLHEREMOS VOCÊS."

Diariamente, os iniciandos transferidos (e os nascidos na Audácia) precisam competir uns com os outros e desafiar a si mesmos para tentar aprimorar a capacidade física e reduzir o medo.

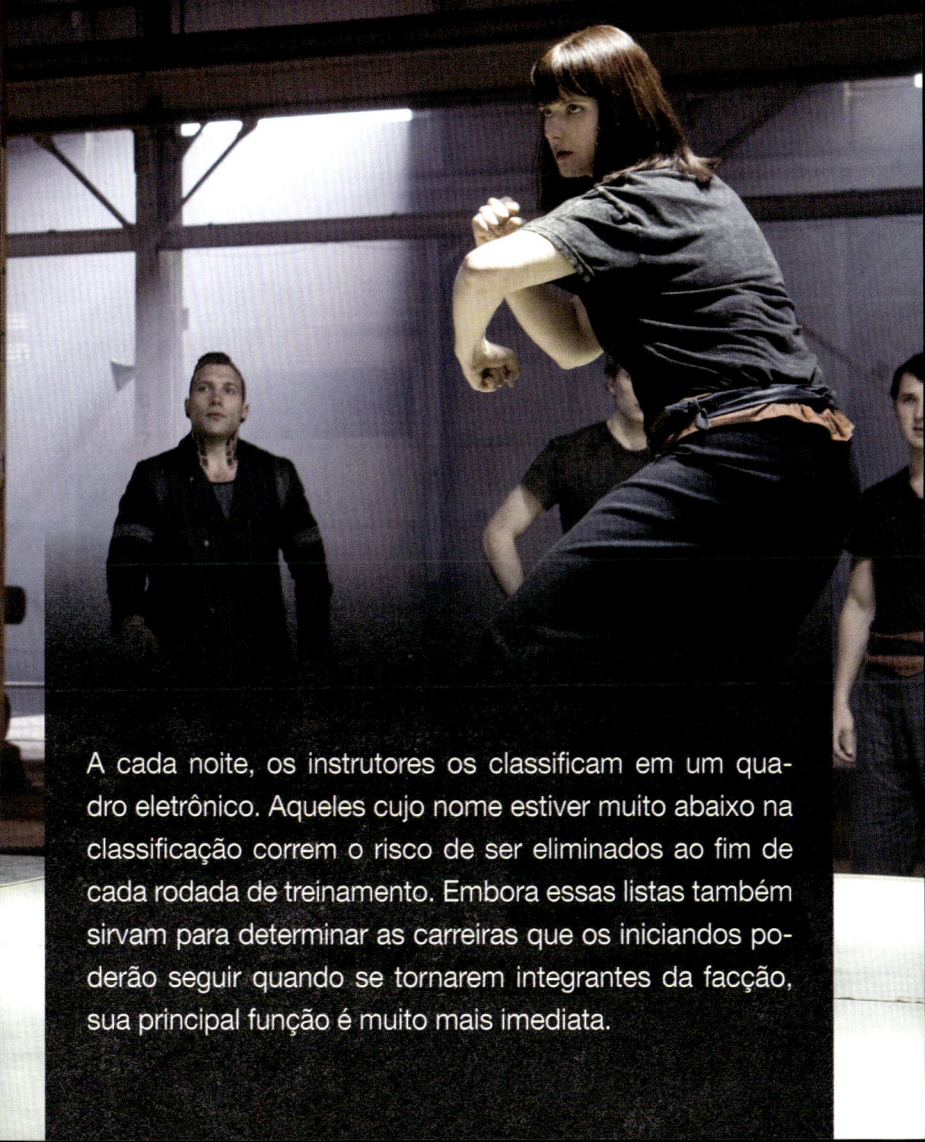

A cada noite, os instrutores os classificam em um quadro eletrônico. Aqueles cujo nome estiver muito abaixo na classificação correm o risco de ser eliminados ao fim de cada rodada de treinamento. Embora essas listas também sirvam para determinar as carreiras que os iniciandos poderão seguir quando se tornarem integrantes da facção, sua principal função é muito mais imediata.

A ENFERMARIA

A enfermaria é um lugar que todo membro da Audácia espera evitar, mas, devido ao estilo de vida extremamente agressivo da facção, não é incomum as pessoas irem parar lá. Todos os integrantes detestam visitar a enfermaria — isso fere o orgulho, o que é quase igual a uma ferida física!

Mas, quando algo está errado, não há alternativa a não ser buscar ajuda especializada. Quem é da Audácia sabe que seu estilo de vida exige grande habilidade física, e que diminuir sua capacidade por causa de uma ferida não tratada ou de um machucado malcuidado o impediria de continuar a viver e a competir na facção.

135

A CERCA

"FIZEMOS UM JURAMENTO DE PROTEGER CADA VIDA DENTRO DA CERCA, SEM EXCEÇÕES. É POR ISSO QUE TREINAMOS DESSE JEITO."

A **gigantesca cerca** que circunda a cidade é algo a que nenhuma facção dá atenção. Ela está lá desde que se lembram, separando a cidade do pântano que ocupa o lugar que já foi o lago Michigan, assim como de todo o resto.

Gerações de crianças aprenderam que a cerca está lá para protegê-los, e que os guardas da Audácia, por sua vez, estão ali para protegê-la. Mas é aí que acabam as certezas. Será que os membros da Audácia que a guardam sabem o que há além dela?

DIA DA VISITA

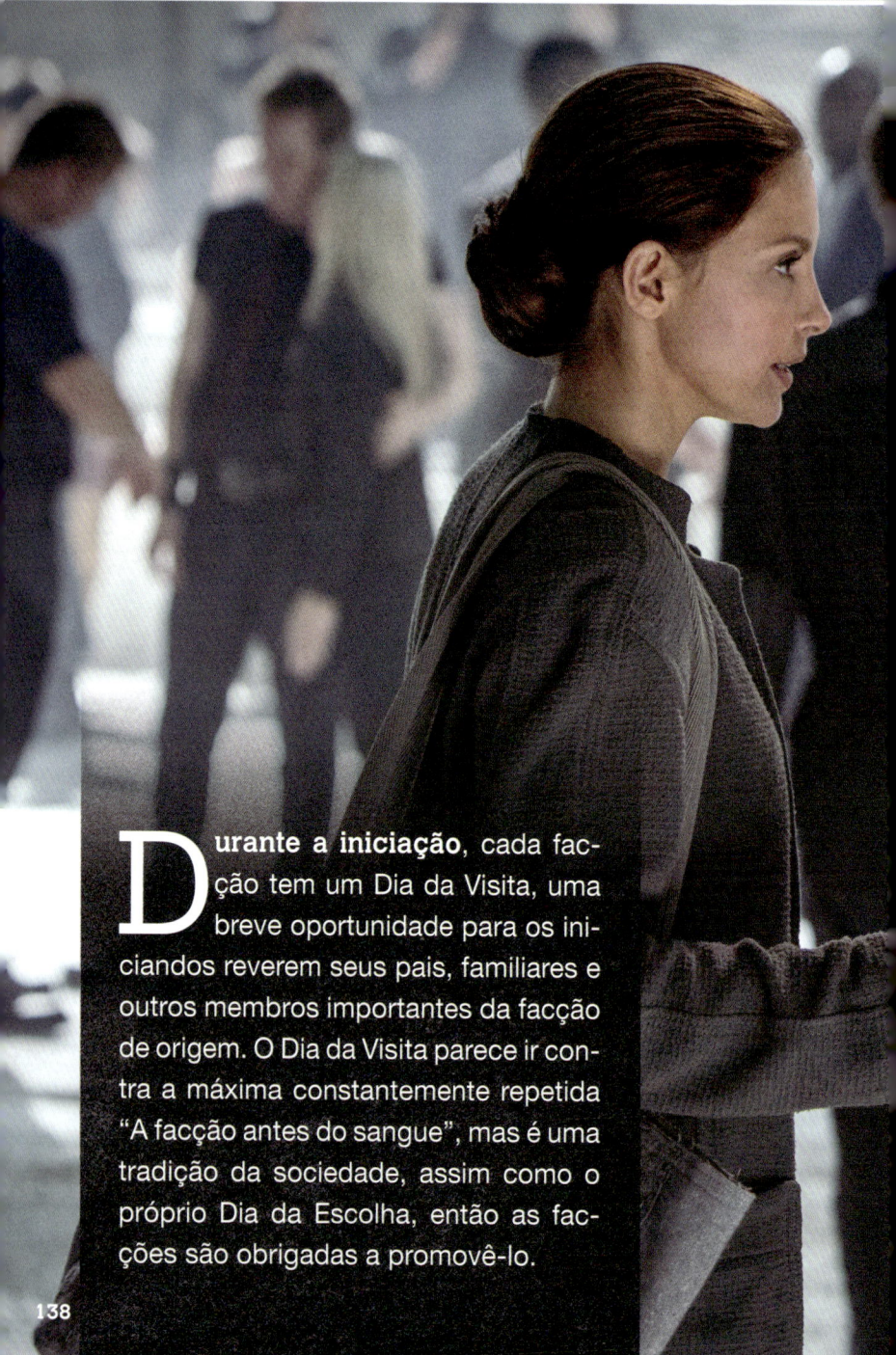

Durante a iniciação, cada facção tem um Dia da Visita, uma breve oportunidade para os iniciandos reverem seus pais, familiares e outros membros importantes da facção de origem. O Dia da Visita parece ir contra a máxima constantemente repetida "A facção antes do sangue", mas é uma tradição da sociedade, assim como o próprio Dia da Escolha, então as facções são obrigadas a promovê-lo.

Na Audácia, o Dia da Visita é encarado como outro teste: será que os iniciandos conseguirão continuar compenetrados mesmo com lembranças das relações anteriores? Isso servirá como incentivo para que os iniciandos com baixo desempenho desistam do processo e deixem a facção? Virar um sem-facção pode ser melhor do que passar pela iniciação da Audácia?

AS PAISAGENS DO MEDO

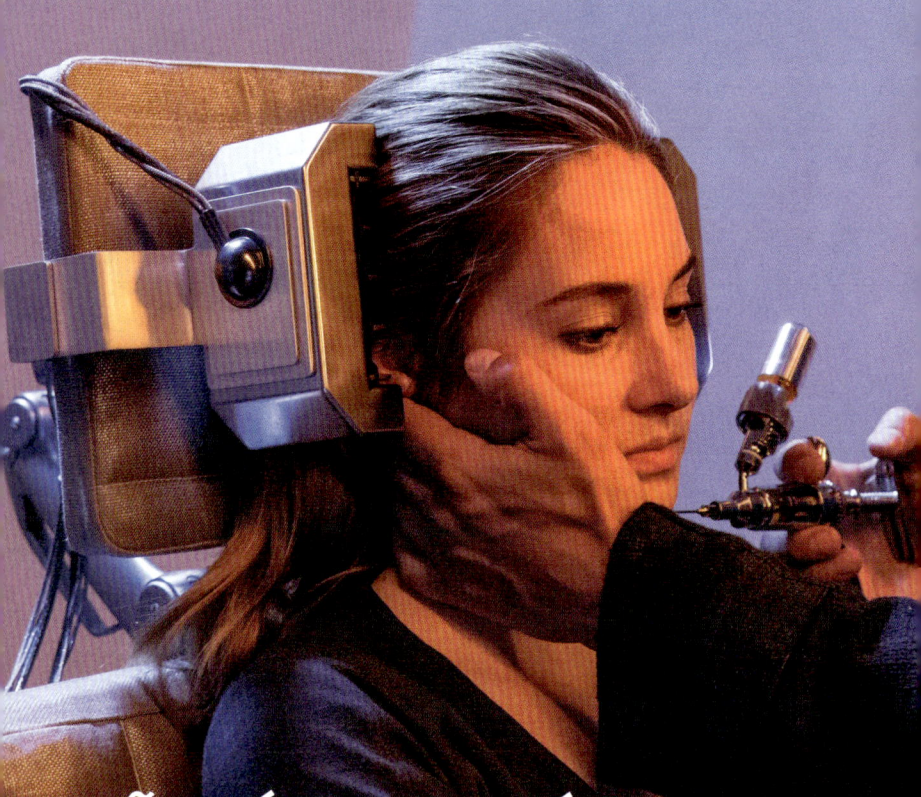

"NÃO HÁ ESCAPATÓRIA, NÃO DÁ PARA FUGIR DE QUEM VOCÊ É."

A **simulação do medo** se assemelha ao teste de aptidão. Porém, em vez de se beber o soro, ele é injetado e provoca alucinações.

O soro também contém transmissores que possibilitam aos instrutores ver imagens da mente do iniciando em uma tela de computador. Uma a uma, as alucinações incorporam os maiores medos do indivíduo. A simulação não acaba até que o iniciando tenha enfrentado todos os seus medos e tentado superar cada um deles.

"O QUE O FAZ DIFERENTE TAMBÉM O TORNA PERIGOSO."

LEIA A SÉRIE COMPLETA
DIVERGENTE

DA AUTORA BESTSELLER DO *NEW YORK TIMES*
VERONICA ROTH

/DIVERGENTETRILOGIA

ROCCO
JOVENS LEITORES

MAIS LIVROS DA SÉRIE BESTSELLER DO *NEW YORK TIMES*

DIVERGENTE

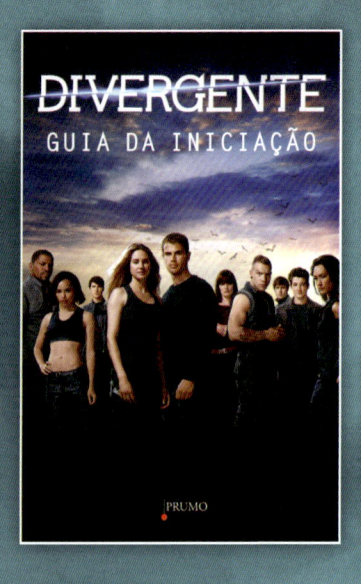

**Mais de
70 fotos do filme
DIVERGENTE!**

**Fotos, entrevistas
e exclusividades dos bastidores:
Mergulhe fundo na
produção de DIVERGENTE!**

/DIVERGENTETRILOGIA

PRUMO